乙一系列

动物园

ZOO
ズー

[日] 乙一 著

张筱森 译

人民文学出版社

著作权合同登记号　图字 01-2020-1011

ZOO by Otsuichi

Copyright © 2003 by Otsuichi
All rights reserved.
First published in Japan in 2003 by SHUEISHA Inc., Tokyo.

This Simplified Chinese edition published by arrangement with Shueisha Inc., Tokyo in care of Tuttle-Mori Agency, Inc., Tokyo through Pace Agency Ltd., Jiang-Su.

图书在版编目(CIP)数据

动物园/(日)乙一著;张筱森译.—北京:人民文学出版社,2022(2022.11重印)
(乙一作品)
ISBN 978-7-02-016968-9

Ⅰ.①动… Ⅱ.①乙… ②张… Ⅲ.①短篇小说-小说集-日本-现代 Ⅳ.①I313.45

中国版本图书馆 CIP 数据核字(2021)第 012105 号

责任编辑:卜艳冰　陶媛媛

出版发行　人民文学出版社
社　　址　北京市朝内大街 166 号
邮政编码　100705

印　　制　上海盛通时代印刷有限公司
经　　销　全国新华书店等

字　　数　198 千字
开　　本　787 毫米×1092 毫米　1/32
印　　张　10.375
版　　次　2016 年 8 月北京第 1 版
印　　次　2022 年 11 月第 2 次印刷

书　　号　978-7-02-016968-9
定　　价　50.00 元

如有印装质量问题,请与本社图书销售中心调换。电话:010-65233595

目　录

小饰与阳子　1

七个房间　37

远离的夫妇　87

向阳之诗　111

动物园　143

把血液找出来！　169

寒冷森林中的小白屋　197

衣橱　215

神的咒语　249

在即将坠落的飞机中　277

从前，在太阳西沉的公园里　315

解说/卧斧　321

小饰与阳子

1

如果妈妈要杀我,她会怎么下手呢?或许是老一套地拿硬物敲我的头;或许是另一个老一套地掐紧我的脖子;还是把我从公寓阳台推下去,再伪装成自杀?

一定是最后这个。我想,伪装成自杀是最聪明的方法了,到时候,老师和同学被问到关于我的事时,他们一定会这么回答:

"远藤阳子同学总是一副心事重重的模样,她一定是太钻牛角尖了,才会自杀。"

不会有人对我的自杀起疑心。

最近妈妈对我的虐待越来越直接,越来越多肉体上的伤害。我小的时候,妈妈折磨我的方式比较迂回,比如蛋糕故意只买妹妹的一份,或是买衣服给妹妹而不买给我……几乎全是精神层面的虐待。

"阳子,你是姐姐,对吧?所以要忍耐呀。"

妈妈总是把这句话挂在嘴上。

我和小饰是同卵双胞胎姐妹。小饰漂亮又活泼,笑起来像一朵盛开的花。在学校里,无论老师还是同学,大家都很喜爱她。而且小饰常常把吃剩的饭菜留给我,所以我也很喜欢她。

妈妈做饭时总是故意不准备我的那份,因此我几乎无时无刻不处于饥饿状态。但如果我擅自打开冰箱,妈妈就抓起烟灰缸扔过来。我很害怕,根本不敢偷吃。当小饰把盛着吃剩的饭菜的盘子递到饿得奄奄一息的我的面前,说真的,那一瞬间,妹妹在我眼里就像天使一样。那是一个将自己吃剩的焗烤胡萝卜挑出来放到盘子上、背上有着白色翅膀的天使。

妈妈就算看到小饰把食物分给我,也不会生小饰的气。印象中,妈妈从不曾责骂小饰,因为妈妈非常疼爱她。

我向小饰道谢,吃着残羹剩饭,心想,为了守护这个重要的妹妹,我可能愿意做任何事。

我们家没有爸爸。从我懂事以来,就是妈妈、小饰和我三个人过日子。直到现在我初二了,仍是如此。

我不知道没有爸爸这件事对我的人生造成了什么样的影响。不过如果我有爸爸,或许妈妈就不会打断我的牙齿或拿烟头烫我。当然也有可能一切仍和现在一样,也说不定我的个性会变得和小饰一样开朗吧!早上,我一边看着妈妈满面笑容地端着盛有土司和荷包蛋的盘子迎面走来,一边想着这种事情。那些盘子当然都摆到了小饰的面前,一如往常地没有我的那份。我觉得自己还是不要看见这一幕比较好,但我就睡在厨房里,想不看到也难。

妈妈和小饰都有自己的房间，我没有。我的私人物品和吸尘器之类的杂物一起塞在储物柜里。幸好我本来就没什么私人物品，活着并不需要多大的空间。除了学校的课本和校服，我几乎什么都没有。衣服也只有零星几件，都是小饰穿旧了给我的。我也曾经翻一些书或杂志来看，但被妈妈发现之后都没收了。我拥有的只有一个压得又扁、又破烂的坐垫，摆在厨房的垃圾桶旁边，我总是坐在它的上面读书、胡思乱想或哼歌。但我得注意，不可以直盯着妈妈或小饰，万一四目相对，妈妈就马上拿起菜刀冲过来了。另外，这个坐垫也是我宝贵的棉被，只要像猫一样缩成一团睡在上面，身上居然就不痛了。

我每天早上都是没吃早餐就出门。如果待在家里，妈妈就会用仿佛在说"为什么我们家会有你这样的孩子"的眼神嫌恶地瞪着我，所以还是尽早出门为妙。要是晚了几秒离开家，身上可能又要增加几道淤青了。就算我什么都没做，妈妈也会找到理由对我动手。

上学路上，小饰从我身旁经过时，我不禁看她看得入了迷。小饰有一头柔软、蓬松的秀发，总是神情雀跃地走着。虽然小饰和我在妈妈面前几乎从不交谈，但即使妈妈不在场，我们也并非会亲密谈心的好姐妹。小饰在学校里很受欢迎，总是和许多朋友开心地谈笑着。我虽然羡慕那样的小饰，却没有勇气请她让我加入她的朋友圈。

因为我完全不认识任何电视连续剧中的明星或任何流行歌手。我只要看电视，就会被妈妈骂。所谓拥有了电视的生活，对我而言完全是未知的世界。

所以我没有自信能跟上大家的话题。结果就是：我没有任何朋友，课间休息时总是趴在桌子上装睡。

对我来说，小饰的存在就是我的内心支柱。既然小饰如此受到大家的喜爱，而在我的身上有着和她相同的血脉，于是我心里其实觉得十分骄傲。

我和小饰长得很像。虽然说我和她是同卵双胞胎，长得好像是从一个模子里印出来的也是理所当然，但从来没有人把我俩认错。小饰开朗活泼，我却阴郁黯淡。从身上的校服也可以轻易地分辨出来：我的校服脏兮兮的，到处沾上了污渍，最要命的是有一股臭味。

有一天，上学路上，我看到电线杆上贴了一张《寻狗启事》。那是一条母梗犬，名叫阿索。在简洁的小狗画像下方，以很漂亮的字体写着："请看到它的善心人士与以下住址联络……铃木。"

当时我大概只瞄了一眼那张《寻狗启事》，没有特别在意。其实我也没有多余的精力，因为手臂上昨天受伤的淤青到现在还疼得受不了，连上课都无法集中精神，于是我去了保健室。保健室的女老师看到我淤青严重的手臂，吓了一大跳。

"啊呀，怎么会撞成这样？"

"我摔下了楼梯。"

这是谎话。其实是昨天晚归的妈妈进浴室洗澡时，发现浴缸里有掉落的长发丝，一怒之下殴打了我。我整个人摔了出去，手臂不慎撞到了桌角。我不禁在心中痛骂自己的笨拙。

"一想到你掉落在浴缸里的头发会黏到我身上，我就恶心得不得了。你就这么讨厌妈妈吗？妈妈累得半死，好不容易回到家，你却这样对待妈妈？"

其实这种事以前也发生过，之后我一直很小心地绝对不抢在妈妈之前使用浴室，因此妈妈看到的长发丝并不是我的，而是小饰的。可是我和小饰的头发留得一样长，而且妈妈在气头上，跟她说什么都没用，我只好选择沉默。

"看来没有骨折。可是如果一直很痛，还是去趟医院比较好。不过，远藤同学，你是真的摔下楼梯弄伤的吗？我记得你之前也曾经因为摔下了楼梯来保健室报到吧？"

保健室的老师一边帮我缠绷带一边问道。我什么都没说，低着头走出了保健室。看来再拿摔下楼梯当借口已经行不通了。

我一直拼命向外人隐瞒妈妈虐待我这件事。一方面是因为妈妈要我保密；另一方面，要是我跟外人说了这件事，妈妈铁定饶不了我。

"你听好了。妈妈之所以打你，是因为你是个无可救药的坏孩子。不过，你绝对不准说出去，知道吗？知道的话，我就不按下这个榨汁机的开关，饶了你。"

当时还是小学生的我边哭边点头，妈妈才终于把手指从开关处移开，并松开了我被紧紧按住的手臂。我慌忙把手从榨汁机里抽了出来。

"只差一点点，你的手就变成果汁了呢。"

妈妈的嘴边还沾着巧克力冰淇淋，一边朝我吐出甜得令人作呕的气息一边笑着说。

妈妈很不擅长跟人打交道。虽然她在家里像恶鬼似的虐待我，在外面却是几乎不开口说话的人。她为了养活两个孩子，不得不外出工作，实际上她很难顺利地与别人沟通。所以我想，或许我和妈妈本质上是相似的，也因此我们俩都很向往活泼开朗的小饰。妈妈因为职场人际关系不如意而带着焦躁的情绪回家，所以看到我就会拳脚相向。

"你是我生的，所以要你生或要你死都是我的自由！"

我倒宁愿她说，我不是她生的。每当妈妈扯住我的头发的时候，我总是这么想。

2

打扫卫生时间，同班同学突然和我说话。这是时隔三天又六个小时后，我再次和同学有了对话。顺带一提，三天前的对话只是：

"远藤同学,借我橡皮擦。"

"啊,对不起,我没有橡皮擦。"

"啧……"

如此而已。不过今天的对话要长得多。

"远藤同学,你是一班的远藤饰同学的仿冒品吧?怎么看都不像是她的亲姐姐嘛。"

那名女同学手中拿着扫把这么对我说。周围的女同学听到了,全都笑了出来。她说的事情我早有自知之明,所以一点也不觉得奇怪或生气,但周围的同学跟着讪笑让我感觉很糟糕。

"不可以这么说,远藤同学会很受伤的。"

"抱歉,我没有恶意哦。"

"嗯,我知道……"

我这么回答她,但是因为很久没开口说话了,声音全闷在喉咙里。我一边扫地,一边心想,大家能不能快点走开呢?教室是大家都应该负责打扫的区域,但每次只有我在打扫。

"对了,远藤同学,你今天去保健室了,对吧?你身上的淤青又增加了?你全身都是淤青,对吧?我都知道哦,游泳课上换泳衣的时候,被我看到了呢,可是大家都不信。不如你现在把衣服脱下来,让大家瞧瞧吧?"

我不知道该怎么办,一直紧闭着嘴。刚好老师打开教室的门走了进来,找我搭讪的同学一哄而散,一个个假装认真地开始打扫。

ZOO 9

"得救了。"我暗自松了一口气。

回家的路上,我坐在公园的长椅上想起同学们的讪笑。不要擅自揣测别人有没有受伤好不好?事后这么一想,我开始莫名地生起自己的气来。我真的一直都被大家当成傻瓜耍。要怎么样才能像小饰那样和大家融洽地聊天呢?我也好想和大家一样放下打扫工作,把笔记撕了揉成团当作冰上曲棍球打着玩儿。

回过神来,才发现我身旁有一条狗。因为它戴着项圈,所以一开始我还以为主人也在公园里好好地看着它。

但五分钟过后,我发现并非如此。它开始嗅我鞋子的味道,我战战兢兢地摸了一下它的背。这条狗似乎不怕生,很习惯和人待在一起。我发现它是一条母梗犬,便想起了今天早上看到的《寻狗启事》,说不定这条狗的名字就叫阿索。

我抱着狗前往《寻狗启事》上所写的铃木家的住址。铃木家是一栋小小的独栋建筑。已经过了七点,天空被夕阳染得通红。我按下门铃,一位身材娇小、满头白发的老奶奶走了出来。

"啊,阿索!这是阿索呀!"

老奶奶惊讶地睁大了眼,开心地紧抱着狗不放。她应该就是那位写下《寻狗启事》的铃木女士。

"真的很谢谢你,这孩子让我担心死了。你先别急着走,请进来坐一下吧。"

我愣愣地应了一声,跟着老奶奶走进屋里。老实说,我内心很可耻地期待着谢礼——钱也好，点心也好，什么都好。我的肚子从没填饱过，只要有人愿意给我东西，我什么都想要。

老奶奶带我进了客厅，让我坐在坐垫上。

"你叫阳子啊，我是铃木。《寻狗启事》刚贴出一天，就能找回这孩子，简直像做梦一样呢。"

叫做铃木的老奶奶一边用脸蹭着阿索的脸一边走出了客厅。她似乎是独居。

铃木奶奶端着盛有咖啡和甜点的托盘走回客厅，阿索紧跟在她身后。老奶奶将托盘放在矮桌上，和我相对而坐。她想知道我是在哪里找到阿索的。虽然发现阿索的经过并没有什么戏剧性，但在我叙述的时候，她始终笑眯眯地听着我说话。

我将砂糖棒搅进咖啡里，"咕嘟咕嘟"倒入奶精，一口气喝光了；甜点也是两口就消灭了。两样都美味极了。我的生活里几乎没有所谓甜点这种东西，勉强要说的话，大概只有学校里的营养午餐附送的点心。在家里当然更不用说，我的食物只有小饰吃剩的东西。以后如果升入不提供营养午餐的高中，我还活得下去吗？这种穷酸问题老是在我脑海中盘旋，挥之不去。

铃木奶奶亲切地又为我倒了一杯咖啡，她请我喝这一杯时慢慢地喝，好好地品尝一下咖啡的味道。

"我很想请你留下来吃晚饭……"

一瞬间，我的脑子里想的是："什么菜我都吃！"然而我的理性小声地告诉我："再怎么说，第一次见面就留下来吃饭，实在太厚脸皮了。"

"但我今天一直没心思准备晚餐，整天都在担心这孩子。"

铃木奶奶紧紧地抱住阿索。阿索真幸福啊！我不禁羡慕起这条被抱住的小小梗犬。

"对了，我得送你谢礼才行。送什么好呢？我去找找可以送你的东西，等我一下哦。"

铃木奶奶站起身，留下阿索，走出客厅。她会送我什么呢？我很难得地有了期待的心情。我总是过着战战兢兢、担惊受怕的日子，几乎不曾兴奋地期待过什么。如果礼物是点心之类的，就在回家的路上边走边吃完吧。如果带回家，一定会被没收。

阿索嗅着我的味道。我昨晚没能洗澡，身上一定很臭吧？我环视屋内，有电视，但没有录影机，想必是因为老人家不知道如何使用。我曾经听说录影机很难操作。顺道一提，我从来不曾操作过电视或录影机。

客厅里的大书柜占了整面墙。正当我逐册浏览排得满满的书的时候，铃木奶奶很伤脑筋似的回到客厅来。

"真是抱歉，我本来想送你我最珍贵的宝物，但忘记放哪儿了。我会找出来的。所以能不能麻烦你明天再来一趟呢？明天我会先准备好晚饭哦。"

我答应她一定会来，今天就先回家了。外头已经一片漆黑，铃木奶奶送我到玄关和我道别。原来被人送到门口是这样的啊！初次的体验让我觉得很新鲜。长这么大，从来没有人送我出门。

第二天放学后，我先绕去铃木奶奶家。还没按下门铃，就闻到了一股香味。铃木奶奶很开心地迎接我。我心想，还好来对了。和昨天一样，我被带进客厅，坐在同一个坐垫上。阿索也记得我，一切简直就像昨天的延续。

"阳子，真是对不起，我还是没找到说要送给你的那样宝物。到处都找遍了，到底放哪儿了？不过你既然来了，一起吃晚饭好吗？阳子喜欢汉堡吗？"

"太喜欢了，喜欢到要我卖掉一颗肾去换也甘愿。"听到我这么说，老奶奶布满皱纹的脸上露出了温柔的笑容。

我一边吃，一边猜想铃木奶奶为什么做了汉堡作为晚餐。是因为她自己喜欢吃？不，一定是为了让我开心才做的吧？我能够理解大人为了取悦小孩子而做汉堡的心理。

"阳子，我想多认识你一点。"铃木奶奶一边吃汉堡一边说。

真糟糕，该说什么好？

"说说看，你家里有哪些人？"

"家里除了我，还有妈妈和一个双胞胎妹妹。"

"啊呀，双胞胎啊？"

铃木奶奶一脸很想听我继续讲的表情，但真相实在阴暗得惨不忍睹,所以我说谎了。

我跟她说,虽然没有爸爸,但我们母女仨依然开心地过着日子。我说,我妈妈非常温柔,她在我跟妹妹生日那天,替我们各买了一件同样颜色的漂亮衣服,那是一件不大花哨的衣服,有些朴素,比较成熟,有大人的风格。我说,假日里,我们仨会一起去动物园。我曾经很近距离地看过企鹅呢。我说,我和妹妹一直都睡在同一个房间,可是现在长大了,我好想有自己的房间啊。我还说,小时候,我和妹妹曾经因为看了恐怖的电视节目害怕到睡不着,妈妈便过来温柔地握着我们的手……我不停地说着一些压根没发生过的事情。

"你妈妈真是了不起呢。"

铃木奶奶感动地喃喃道。听她这么说,我忍不住心想,要是这些谎话都是真的就好了。

她还问了我在学校里的生活,于是我撒谎说和同学一起去了海边玩。看着微笑着听我说话的铃木奶奶,我心想,这绝对不能让她知道真相了,但是脑子里负责编造谎言的部位已经运转到极限,以至于开始发出哀号。我得设法转移话题才行。

"对了,这里有好多书啊!"

我一边咽下细细咀嚼过的汉堡,一边望向整墙的书架。

铃木奶奶高兴地说:

"因为我很喜欢看书啊。这里的书只是一小部分,其他的房间里还有很多呢。我也看漫画哦。阳子喜欢什么样的漫画？"

"唔……其实……我不太懂这些……"

"哦，这样啊。"

看到铃木奶奶似乎很遗憾的表情，我想我一定要做点儿什么，因为我不希望被这位老奶奶讨厌。

"那个……可以请您推荐我一些好看的书吗？"

"当然好呀，你想看的书就借去看吧。对了，这样吧！以后你还书的时候，就可以来我家坐坐。"

铃木奶奶将她觉得好看的小说和漫画在我面前堆了一摞，我只从里头挑了一本漫画，便告别了铃木奶奶。之所以只选一本，是因为我想赶紧看完它，这样明天我就可以拿回去还给铃木奶奶了，那么她应该会再请我吃好吃的东西。虽然多少带有这种单纯而低级的期待心理，但这么做，我就能再见到铃木奶奶和阿索了。我好想和这位老奶奶多说说话，只要坐在铃木家的坐垫上，只要跟铃木奶奶和阿索待在一起，我的屁股就好像生了根似的，连起个身都百般不愿。

之后，尽管各种痛苦的事还是不断地袭来，但我持续地去铃木家玩。我在离开她家的时候通常都借了书，然后为了还书再次前往她家。铃木奶奶依旧找不到她要送给我的宝物。

虽然还书只是我前往铃木家的借口，但如果失去了借口，我就会觉得自己根本不应该和其实只是陌生人的铃木奶奶见面。铃木奶奶是我有生以来遇到的第一个能真正放心相处的人，我不想因为自己老是上她那儿打扰而被厌恶。

每次去了铃木家，铃木奶奶总是做好晚餐等着我。每次，我都会把漫画和小说的读后感告诉她。我和铃木奶奶及阿索的感情越来越好了。放学比较早的时候，我还会带阿索出去散步，偶尔也帮奶奶更换坏掉的电灯泡或是做一点类似削马铃薯皮的家事。

"下次放假的时候，我们一起去看电影吧？"

听铃木奶奶这么提议，我高兴得快飞上天了。

"只是，我总是这样霸占着你，对你妈妈很不好意思呢。对了，下次你带小饰一起来吧。"

嗯……我虽然点头答应了，却完全不知道该怎么办。铃木奶奶全盘相信了我的谎言。

看完电影，我和铃木奶奶一起去吃了回转寿司。虽然我婉拒了，铃木奶奶却说她实在很想吃寿司，一定要我陪她去。我这辈子还没吃过几次寿司，完全搞不清楚鱼的名字，不过回转寿司的用餐规矩我大致还知道，本来打算点一些便宜的寿司就好，却不知道哪些种类才是便宜的。寿司不停地从我们面前移动而过，这时铃木奶奶聊起了她的家人。

"我有一个和阳子差不多大的孙女哦。"铃木奶奶神情落寞地说道，"记得应该是比你小一岁，是我女儿的小孩。虽然住得不远，却三年没见面了。"

"铃木奶奶没办法和家人一起住吗?"

她没回答,一定是有什么隐情。

"如果写信给她呢?在信上写:'我想和你见个面,请你吃大餐,想吃什么都可以哦。'她一定会来找你的。"

说完,我自己也开始认真思考:如果有人跟我说"想吃什么都可以哦",我应该回答想吃什么呢?这是一辈子都不知道会不会有幸被问到一次的珍贵问题,所以得趁现在先想好该怎么回答才行。

"你真是个体贴的好孩子。"铃木奶奶低声说道,"有件事情我必须跟你坦白。你带阿索回来的时候,我不是说要送你一样宝物作为谢礼吗?其实根本没有那样东西,我是骗你的。那只是我想和你再次见面而编的借口。真的很抱歉,请你收下这个作为代替品吧。"

铃木奶奶将一把钥匙放到我的手中要我握住。

"这是我家的钥匙,以后再也不用编借口了。我最喜欢阳子了,你随时想来就来哦。"

我拼命地点头,这主意真是太美妙了。活到今天,不知道有多少次,我后悔自己被生到这个世界上。我曾爬上大厦的屋顶,攀上铁丝网,迎着强风一边流鼻涕一边犹豫要不要往下跳,从没想过会有这样的一天降临在我的身上。

那天之后,只要碰到痛苦的事,我就会紧紧地握住铃木奶奶给我的钥匙,努力撑过去。简直就像三号碱性电池一样,这把钥匙给了我能量,让我有了求生意志。我每次都拿这把钥匙当书签,将它夹在书里藏了起来。

3

那是发生在铃木奶奶给了我钥匙两个星期后的一个星期五,地点是在学校。下课时,小饰到我的教室来,说她忘了带数学课本,要我借给她。

"拜托,我一定会好好地酬谢你。"

我已经很久不曾和小饰说话了,所以我心里其实很高兴。我下午也有数学课,于是和她约好了上课前记得还回来,便把课本借给了她。

但是到了午休时间,我去小饰的班上找她,她却不在教室里。我没拿回课本,下午的数学课就这么开始了。

数学老师是个看上去很友善的男老师,我几乎不曾和他说过话,但我曾见到他在走廊上和小饰熟络地谈笑,所以我以为只要老实地说出原委,老师一定会原谅我。

"为什么没带课本?"

刚开始上课,老师就把我叫起来问话。

"我……借给妹妹了……"

"那是什么话!你竟然把责任推卸到别人身上,真是不敢相信!你和一班的小饰同学真的是双胞胎吗?你呀,拜托多注意一下自己的仪容好不好？"

老师此话一出，从教室的各个角落里纷纷传出了窃笑声。我脸颊发烫，只想从教室里逃走。我也知道自己一头乱发，衣服也脏兮兮的，但是日常起居都只能在厨房里完成的我根本不可能解决这些问题。

放学后，我刚走出教室，小饰叫住了我。

"姐姐，这么晚才还你课本，真抱歉，让我向你赔罪吧！我要跟朋友去麦当劳，姐姐你也一起来，我买汉堡给你吃哦。"

小饰魅力十足地笑了。这是她第一次邀请我，我高兴极了，当下就回答"好"。我甚至用自己的右脚踩痛左脚，好确认这不是在做梦。

小饰和她的两个朋友加上我，总共四个人来到了麦当劳，由小饰负责点餐。我和小饰的朋友是第一次见面，她们和我几乎从没说过什么话，只是很开心地和小饰聊着天。

"喂，你身上真的没钱吗？真不敢相信，为什么小饰有零用钱，你却没有？"

在柜台前，小饰的一个朋友这么问我。小饰代我回答：

"这是我妈妈一直以来的教育方针呀，她说姐姐一拿到钱，马上就花光了。"

我们端着汉堡走上二楼，找了位置坐下，果汁、薯条和汉堡都只有三人份。小饰她们仨开始吃东西了，我则直盯着那光景瞧。我很犹豫，要不要开口问："我的那份呢？"但我是不能主动跟妈妈和小饰说话的。

"喏，这个我不要了。"

小饰的一个朋友将吃剩的汉堡推到我面前。

"我说，阳子同学，你真的会吃别人吃剩的东西啊？"

小饰似乎很快乐地回答朋友的疑问："是真的哦，姐姐总是大口大口地吃掉我吃剩的东西呢。"说完，小饰朝我说，"你每次都会吃我吃剩的东西，对吧？这两个人不相信我的话，干脆让她们亲眼看看好了。姐姐，这个也给你吧。"

小饰将吃剩的汉堡推到我面前，她的朋友用好奇的眼神紧盯着我。我像头猪似的，大口大口地吃光了面前的食物。她们仨"哗哗哗"地一齐拍起手来。

走出店门，小饰她们仨跟我挥手说再见，便朝车站大楼方向走去。终于剩下了自己一个人，我突然喘不过气来。我在心中喃喃道："神啊！"

到达铃木奶奶家的时候，我的脑子已经彻底陷入了混乱，为什么小饰要约朋友一起对我做那种事呢？其实小饰的举动和平时没什么两样，她只是把她平时在家里对待我的方式展现在外人面前罢了。我试着这么说服自己，然而呼吸困难的情况仍然没有丝毫舒缓，我想一定是因为刚才一下子吃得太多了。

铃木奶奶一边咳嗽，一边泡了杯咖啡给我。

"我今天好像感冒了。"她仍不停地咳嗽,"啊呀,阳子怎么了?你的脸色好苍白,发生了什么不开心的事?"

"没什么,我好像吃得太多了……"

"吃得太多?真的吗?"

她盯着我的双眼。真是不可思议,为什么老人家的眼眸能这么清澈呢?我心里这么想着,把手按在心脏附近说:

"这里觉得好闷……"

话说到一半,我就说不下去了。小饰和她朋友的身影又在我的脑海中浮现。铃木奶奶默默地抚摸着我的头。

"一定是遇到不开心的事了吧?"

说着,她带我走进卧室,让我坐在梳妆台前。

"来,笑一个。阳子其实是个小美女呢。"

她捏起我的双颊朝左右拉开,硬是让我露出笑脸。

"啊,好了,请放开我,这样照出来的脸好像小丑。不过,我的呼吸好了很多,请别再拉我的脸了。"

"真的好多了?那就好。"

说完,她又开始咳嗽。听起来不像是简单的咳嗽,而是令人产生不祥预感的嘶哑的干咳。我不禁担心地问她:

"铃木奶奶,你还好吗?"

"没事。对了,下次一起去哪里旅行吧?阳子,你现在已经成了我最重要的家人。"

"如果我们去旅行,然后一去不回也没关系吗?"

"没关系,我们直接环游世界去吧!那么,我就把你当成我的孙女喽。"

你该不会是从我脑袋里生出来的美好妄想之类的存在吧?这实在是太美妙的提案了!其实我一直暗自地想,假如铃木奶奶真是我的亲奶奶,不知道有多好。

铃木奶奶伸出食指,指了指镜子。我定睛一看,镜子里映出满脸笑容的我。我和小饰真的好像。

离开铃木奶奶,在回家的路上,我试着模仿小饰走路的样子,高高地抬起头,一脸幸福地大步向前走。这时我才发觉,原来我平时走路总是弯腰驼背。

我回味着今天在铃木奶奶家里发生的事情,窝在厨房的垃圾桶旁念书,这时,妈妈提着笔记本电脑回家了。

笔记本电脑是妈妈在工作上非常珍视的设备。曾经有一次,妈妈把它放在厨房的餐桌上,被我不小心碰到了。

"不要用你的脏手碰它!"妈妈说着,拿起焗烤盘打我的头,于是我意识到笔记本电脑的地位比我高这一事实。

走进家门的妈妈一脸倦容,在看到我的一瞬间便露出"看到了脏东西"的表情,然而当她听见客厅里传来小饰唤她的声音,脸色马上和悦了下来。小饰比我早到家,一直待在客厅里看电视。因为妈妈不准我进入客厅,所以我到家后还没和小饰说上话。要是我擅自走进客厅看电视,妈妈一定会剥光我的衣服,赶我去游街。

直到妈妈走进客厅,我才松了一口气。看来今天我身上的淤青不会增加了,我暗自高兴着可以平安无事地度过今晚。客厅里传来妈妈和小饰的谈话。我一边写数学作业,一边断断续续地听着她们的谈话内容。

"妈妈,你不觉得姐姐最近回家比较晚吗?"听到小饰的话,我放下了铅笔。"她好像交到了朋友。姐姐在柜子里藏了好多小说和漫画,她哪来的钱买那些东西呀?"

我的身体逐渐变冷。妈妈从客厅走出来经过我面前,粗鲁地一把打开厨房的储物柜,仿佛我根本不存在似的,看都没看我一眼。妈妈把我放在储物柜里的课本翻出来清空,最后在柜子的最深处发现了我还没还给铃木奶奶的三本小说。

"这些书是怎么回事?"

妈妈的问话声很低沉,劈头盖脸地袭来。我发着抖,硬挤出回答——要是不回答妈妈的问话,一定有一顿好打。

"是我借来的……"

妈妈把书摔到地上。

"你根本没有那种会借书给你的朋友,不是吗?你真是无可救药的坏孩子!这是从书店偷来的吧!妈妈每天为了你这么辛苦地工作,为什么还要让妈妈这么操心呢?"

妈妈让我坐在椅子上，冷冷地继续说道：

"你以前就是这样的，对吧？只会给妈妈和小饰添麻烦，一点用都没有。"

小饰站在客厅门口望着我，带着怜悯的神情对妈妈说：

"妈妈，你就原谅姐姐吧，我想她大概是一时冲动。"

"小饰，你真是个温柔的好孩子。"妈妈望着小饰，露出了笑容，接着转过来望向我，"而相比之下，这个小孩只会让人觉得真是烂到身体的'芯'里去的坏孩子啊。小饰，你回客厅去。"

小饰以口型无声地对我说了句："加油啊。"竖了竖大拇指，便走回客厅关上了门。客厅里传来电视的声音。

妈妈站到我身后，两手放在坐着的我的肩膀上。我要是乱动，铁定会被打，所以我僵直身子，一动也不敢动。

"妈妈什么时候给你添过麻烦？对，我是打过你，但那都是为你好吧？"

妈妈的手缓缓地摸索着我的后颈好一阵子，突然猛掐住我的脖子。

"别……这样……"

我挣扎着呻吟。

"这声音听得人心烦意乱。把你养到这么大的人是我吧？你是不是应该更尊敬妈妈一点呢？"

感受着妈妈逐渐加重的手劲，我已经发不出声音，也无法呼吸了,连哀求"妈妈原谅我,我什么都愿意做"都做不到。

我似乎有一瞬间昏死了过去,回过神时发现自己正倒在地上流着口水,眼前的妈妈正双手叉腰地站着俯视我,说:"你还是死了比较好,妈妈过一阵子一定会杀了你。到底为什么双胞胎姐妹会相差这么多?不管是讲话的方式还是走路的样子,你整个人让人看了就是一肚子气。"

妈妈没收了三本小说,回她的房间去了。为了将含氧的血液送往脖子以上,我的心脏正全速地跳动。我仍然倒在地板上,却下定决心要逃出这个家,再待下去太危险了。能确定的是,万一下次再发生任何一丁点事让妈妈抓狂,我肯定会没命的。好想见铃木奶奶,我要和她还有阿索,我们仨一起走得远远的。

我倒在地板上这么思索着,突然想起一件要紧的事。铃木奶奶给我的那把钥匙夹在被妈妈拿走的书里。

4

第二天是星期六,不用上学。妈妈说她有事,出门去了,六点才回来。小饰也跟朋友出去玩了,一早就不在家。我看家里只剩下我一人,便溜进妈妈的房里。

印象中,这是我第一次进妈妈的房间,平时我是绝对不会踏进来的,要是不走运地被妈妈发现我在她房里,一定会被痛揍,甚至会被她打死。然而就算踏入险境,我也想把铃木奶奶给我的钥匙拿回来，那是我和铃木奶奶两个人最重要的联结。我想，要是弄丢了书，铃木奶奶应该会原谅我；但是钥匙不一样。我无法忍受自己弄丢那把钥匙。

妈妈的房间里整理得井井有条，一尘不染。书桌上摆了一只插了花的花瓶，旁边是笔记本电脑。房间里有一张大床，想到妈妈平时就是睡在这张床上，有一种很不可思议的感觉。床头边有一套家庭音响，柜子里也摆着整排激光唱片。我没有听音乐的习惯，但妈妈和小饰经常聊我听不懂的音乐话题。

铃木奶奶的书被随手扔在房间的角落里。我从书里抽出钥匙，紧紧地握在手中。

接下来，只要悄悄地离开房间就好。书，我仍原样不动地留在原地。要是一并带走，妈妈就会发现我进来过。

正当我握住了门把时，玄关处传来开门的声音。我停下所有动作，小心翼翼地不发出任何声音。有人回来了，现在走出房间一定会被发现的。我竖起耳朵，听见开门的人正往这边走来。

我环视房内，寻找可以藏身的地方。床摆在靠墙位置，和墙壁之间的空隙正好足以容纳一个人躺平藏起来。我当场作出决定，迅速钻进里面。我的姿势好像是睡相太差以至于从床上滚到床下一样，但这个空隙简直就像是为了让我躲进去而量身定做的，宽度刚刚好。

传来了打开房门的声音。我全身僵硬，剧烈的心跳让我真想请心脏干脆停下来,安静点儿。打开房门的人的脚步声在房间里四处移动。我在空隙中把脸压低,这样一来,正好从床下的空隙看见摆在房间另一头的穿衣镜。镜子里映出小饰的脸。进来的人是小饰。我死命地盯着镜子里的小饰,虽然不知道她到底进来做什么,总之拜托赶紧出去吧。

小饰直接走到柜子前,望着里面的唱片。她哼着歌,从柜子里抽出了几张唱片,看来她进妈妈的房间是来借唱片的。小饰将挑好的唱片随手放在一旁的书桌上,继续在柜子前挑选,然后又挑了几张,顺手摆在桌上。

穿衣镜里映出她的手碰到花瓶的一瞬间,我不禁"啊"地叫出了声。花瓶倒下来,瓶里的水流到妈妈的笔记本电脑上。但小饰似乎没听到我的声音,因为她在同一时间也"啊"了一声。小饰立刻将花瓶扶正,但已经太迟了。我望着穿衣镜里她脸色铁青地低头看着笔记本电脑的身影。

小饰很伤脑筋似的,望了房间一圈,突然露出笑容。她走到穿衣镜照不到的地方去了,但我从床下的空隙看到她袜子附近的脚踝。她的脚移动到房间角落里的三本书前停了下来,正是铃木奶奶借给我却被妈妈没收的那三本书。小饰伸手抓起了那三本书。

接着,她把书桌上的唱片放回原位,好像不打算借了。只见她拿着铃木奶奶的书走出了房间。接下来有好一段时间,我听到她穿梭于她的房间和客厅之间的脚步声,最后在她自己的房间里停了下来，脚步声不再传来。

我立刻明白小饰为什么要带走那三本书。妈妈回来之后，看到浸了水的笔记本电脑，一定会揣测是谁干的。是小饰还是我？但只要发现被她没收的书不见了踪影，妈妈一定会断定，是我为了拿回被没收的书而进入她的房间，结果打翻了花瓶。

我想，妈妈应该会前所未有地震怒吧？这是第一次发生如此严重的事情，她绝对会要我以死相抵的。我想起昨天晚上妈妈脸上的表情，她双手叉腰、高高地站着俯视我时那宛如橡胶面具般的表情。

我蹑手蹑脚地从床铺与墙壁之间的空隙爬出来，小心不被小饰察觉到脚步声，离开了妈妈的房间。走出玄关，我往铃木奶奶家狂奔而去。我能活下去的唯一方法，只有求铃木奶奶帮忙让我躲起来了。然而当我按下铃木家的门铃，出来应门的却是一位化了淡妆的女孩。

女孩把我从头到脚地打量了一番，问道："你是谁？"

我直觉地知道她就是铃木奶奶的孙女。

"那个……请问铃木……"

"我就是铃木……啊，你要找的一定是奶奶吧？奶奶她死了。今天早上，狗一直狂叫，吵到了邻居。过来一看，才发现她倒在玄关已经死了，好像是因为感冒恶化。真是麻烦，难得的假日，竟然一大早被叫来处理这种事。"

我想起昨天铃木奶奶说她好像感冒了。女孩的身后似乎有许多人正忙进忙出。

"绘理，是谁来了？"

屋内传出女性的声音。女孩回头应道："不认识，没见过的人。"接着转向我叹了口气说，"奶奶这样说死就死，叫人很伤脑筋哦。她养的那条狗该怎么办？要送去公立收容所吗？"听到这句话的一瞬间，我不禁心想："神啊，我可以现在、当场掐死这个人吗？"但我只能低下头，离开了铃木家。

我坐在公园的长椅上，也就是之前发现阿索的那张长椅。公园里，许多小孩正在玩耍，有人滑着滑梯，有人荡着秋千，孩子们拼命地大声嬉笑。我缩起身子，把脸埋进双手。我无法相信铃木奶奶已经不在这个世界上了。"太过分了……"我不禁这么想。

公园的时钟指针指向六点，妈妈差不多要到家了。我坐在长椅上一动不动，发现我的脚边积了一摊水，一时之间还以为是自己流下的眼泪积成了水洼。仔细一看，原来是附近的饮水池漏水，水流到这边来了。

我站起身，打定主意要逃到世界的尽头。然而此时，我的眼角余光看见了小饰。一开始我还以为看错了，但走在公园外人行道上的确实是小饰。她手提便利店的塑料袋，看样子是出来买东西了。我追上她。

"小饰,等一下!"

小饰看到我迎面跑来,停下脚步,惊讶地睁圆了双眼。

"小饰,你在妈妈的房间里干了好事,要好好地向妈妈道歉!"

"你知道了?"

"对,所以拜托你老实地跟妈妈说是你打翻的!"

"不要!我才不要被妈妈骂!"

小饰用力地摇头。

"姐姐,你去替我被骂吧,反正你已经习惯了,不是吗?要我去被妈妈骂,太丢脸了。我才不要呢。"

我又开始觉得喘不过气来了。要是现在手边有一把刀,我真想在自己的心脏上开个通风口,那样一定会轻松很多。

"可是,花瓶明明是你打翻的。"我的语调几乎是在求她。

"很烦哦,你的脑袋怎么这么笨啊!我不是说了要你承认是你打翻的吗?等一下妈妈回来,你就好好地去向妈妈道歉,知道吗?"

"我……"

我将手伸进口袋。

"怎样嘛!"

她仿佛在责问我。

我用力握着口袋里的钥匙,握到几乎渗出血。

"我……"

我真的打从心里喜欢小饰,但仅仅到十秒前为止。当我开始这么想,刚才堵塞在胸口、令我喘不过气的东西突然融化、流走,呼吸顿时轻松了。

"没什么,算了,没事。小饰,你听我说……"我下定了决心,"很遗憾的是,妈妈已经知道是你干的了,是真的。你拿走书,想伪装成是我打翻的,这一招对妈妈是行不通的。你刚出门去便利店,妈妈就回来了,我在玄关听到了妈妈在房间里破口大骂的声音,所以逃到公园来。不过,看样子妈妈应该已经发现打翻花瓶的人是你了。"

小饰的脸色变得惨白。

"她不可能发现!"

"她发现了。我在玄关听到妈妈大喊:'唱片的排列顺序不对!是小饰干的。'所以她在等你老实地跟她道歉呢。你就老老实实地去跟妈妈道歉吧。"

小饰不知如何是好地看着我。

"露马脚了吗?"

我点头。

"可是我不要像你那样被打骂得那么惨啊!"

我装出和她站在同一条阵线、一起烦恼的神情,然后说出我的提案——

"不然这样吧,我替你向妈妈道歉。"

"怎么做？"

"只有今天一晚，我们俩交换衣服穿——我穿你的，你穿我的——直到明天早上，我的言行举止都假装是你，然后你也必须配合，假装是我，连走路都要低着头哦。"

"不会露马脚吗？"

"不会的，我们俩长得一模一样。你只要像我平时那样一副死气沉沉的模样就好，只要那样就绝对安全了。由我替你被骂、被打吧！你什么都不用担心。"

我们在公园的厕所里交换了衣服。小饰换下她全身的衣物，用手把头发抓得乱七八糟。穿上我的脏衣服时，她皱起了眉头。

"这衣服有一股奇怪的臭味！"

小饰的衣物既清洁又干爽，她的袜子和手表全都穿戴到了我身上。我把手当作梳子，总算梳整齐了头发。虽然不知道骗不骗得过妈妈，但我盯着镜子里露出笑容的自己，真的很像小饰。我想起之前曾看过这张笑脸的铃木奶奶，手不禁捂上了嘴角。我的双眼流出水一般的液体，这就是眼泪吧！我拼命地以泪水洗脸，不让小饰察觉。

"你在干什么？"

一直等不到我出来，站在厕所门口的小饰一脸不高兴地说道。

我们离开公园，往家的方向走去。被夕阳染红的公寓大厦高高地矗立着。我站在公寓楼下,仰望我们的家所在的十楼的窗户。我刚才骗小饰说妈妈已经回到家,看来她丝毫没怀疑。

虽然没有实际地确认过,不过我想妈妈一定已经到家了。个性一板一眼的妈妈从不曾说了六点到家却超过六点才回来。

"小饰,你进门之后,举止都要照着我平时的样子来哦。"

她不服气地"哼"了一声。

"我知道了。对了,我们谁先进去呢?上一次我们一起回家还是在小学二年级的时候吧?现在一起出现,太不自然了。"

于是我们用猜拳决定,却连续出拳三十次分不出胜负。或许是双胞胎的关系,两个人连出的拳都一样。第三十一次,我赢了,决定由打扮成我的小饰先踏进家门。

目送小饰走进公寓入口,我靠在公寓前方的树干上,眺望着被夕阳染红的市镇。刚才被小饰拎在手中的便利店塑料袋已经移到我的手上,塑料袋在我膝盖旁发出"沙沙"的轻微声响。

骑自行车的少年从我面前驰过,拖着长长的影子渐行渐远。飘浮在空中的云朵仿佛从内部发出光芒似的,红通通的。"小饰。"有人叫我,回头一看,是同公寓的阿姨。"书念得怎么样?有没有好好用功呀?"我回答她:"嗯,还过得去。"话音刚落,某样物体从上空"扑通"一声落下。阿姨惊讶地叫出了声——那物体穿着一身脏衣服,和我一模一样的那张脸正贴在地面上。

5

我一回到家，立刻替死去的小饰写遗书，这是妈妈的吩咐。妈妈命令我在警察到来前五分钟内写好遗书，我答应了。妈妈便说："真是好孩子，妈妈最喜欢你了。"那是我每每在夜晚的梦中才会听到的话语。

对我来说，揣摩阳子死之前会写下的遗书的内容是很简单的事，只要写下我自己想死的心情就好。

没有人怀疑远藤阳子是自杀。夕阳下山，周围逐渐变暗，看热闹的人逐渐融入黑暗中，我和妈妈在家中敷衍着警察的询问。妈妈还没察觉我真正的身份，等她发现的时候再受一次打击应该还不错。我已经打定主意，今天晚上就收拾好行李，离开这个家，逃往很远、很远的地方。

警察一直问话到深夜，我和妈妈都憔悴不已。我是真的很疲倦，但妈妈似乎是演出来的。警察一离开，她立刻揉着肩膀喊累。即使我死了，妈妈也一点不难过。我这个人还真是可悲哪！同时，我在心里向已经过世的小饰深深地致歉。

等妈妈回了房间，我立刻躲进小饰的房间里。小饰的房间里摆满了可爱的东西，我总觉得很不自在。相比之下，厨房的垃圾桶旁边要令我安心多了。确认妈妈已经睡着，我将各种东西塞入背包。那个一直被我当作棉被的破烂坐垫，我也想带走，却塞不进去。没办法，我只好把小饰的衣服从背包里拿出来腾空间。

走出家门，我奔向铃木家去接阿索。记得之前他们说，因为奶奶死了，没人接养阿索，所以打算把它送去公立收容所。我原本很担心，不知道阿索还在不在那个家里，不过到了铃木家一看，发现天助我也，阿索被绑在了玄关前。铃木奶奶的儿孙似乎为了准备葬礼而留宿在这个家里，所以阿索被赶出来绑在外面。刚好，和我一样呢！我想。

阿索一看到我，便兴奋地摇尾巴，激动地拼命转圈圈，转到简直要刮起龙卷风了。我松开绳子，拐走了阿索。

我和阿索，一人一狗，先往车站的方向移动。无法参加铃木奶奶和远藤阳子的葬礼，我感到很抱歉。我不知道自己接下来该怎么活下去，身上又没钱，说不定哪天就会饿死在路边了吧？不过我很习惯饿肚子，也很自豪自己有一个即使吃餐厅施舍的残羹剩饭或萝卜根之类的东西也不会拉肚子的铁胃，只要紧紧地握住口袋里的钥匙，就会有一股力量涌上胸口："好！"我怎么样都活得下去！

七个房间

第一天·星期六

在那个房间里醒来的时候,我不知道自己身在何处,非常害怕。睁开眼,首先看到的是一盏迷离的灯泡,在黑暗中发出昏黄、微弱的光线。四周是灰色的水泥墙壁。我躺在地上,看样子是有人趁我昏迷不醒时把我带进了这个没有窗户、四四方方的狭小房间里。

我用手掌支撑起上半身,贴着地面的掌心传来水泥地冷硬的触感。我想看看四周,然而一转头,便觉得头痛欲裂。

背后传来呻吟声。姐姐倒在我身边,和我一样地按着头部。

"姐,你没事吧?"

我摇了摇姐姐,仍躺在地上的她睁开了眼睛看看我。姐姐支撑起身子,以和我一样的姿势望着四周。

"这里是哪里?"

"不知道。"我摇了摇头。

除了那盏垂吊下来的灯泡,这是一个什么都没有的昏暗房间。我们完全想不起来自己是怎么进入这里的。

最后的记忆是,在郊外某间百货公司附近,我和姐姐走在行道树夹道的步道上。直到妈妈买完东西之前，姐姐都得负责照顾我，这对我们俩来说都是百般不情愿的事。我已经十岁了，不用别人照顾我；姐姐似乎也不想管我，自顾自地玩。但妈妈不准我们分开行动。

于是我们俩僵持着，彼此毫无交谈地走在步道上。步道的地面装饰着由四方形红砖组成的图案，两旁种植的行道树伸展着长长的树枝，搭出天棚。

"你为什么不待在家里？"

"什么嘛，小气鬼！"

我和姐姐有时会这样对骂。姐姐明明都要升高中了，斗嘴的水平却跟我差不多，说来还真怪。

走着走着，身后的树丛中突然传出声响，我们连回头确认的时间都没有，只觉得头部蹿过一阵剧烈的疼痛，然后不知道什么时候，我们就在这个房间里了。

"有人从背后打了我们，趁我们昏迷的时候，把我们带到了这里……"

姐姐边说边站起身，看了看手表。

"已经是星期六了……现在大概是半夜三点。"

那块手表是指针式的，姐姐非常喜欢它，根本不让我碰。银色的表盘上有个小小的窗口，标示着今天是星期几。

这个房间的长、宽、高都将近三米，刚好形成一个正方体。灯泡发出的光为毫无装饰的灰色坚硬表面淡淡地抹上阴影。

房间里只有一道铁门，但上面没有任何把手之类的东西，看上去只是一块嵌在水泥墙里的沉重铁板。

门的下方有一道五厘米左右高的缝隙。透过缝隙，门的另一侧似乎有光线照过来，反射在地上。

我跪在地上，看能不能从那道缝隙里看到些什么。

"外面有什么？"

面对姐姐满脸期待的询问，我摇了摇头。

四周的墙壁和地面都算干净，好像刚刚有人打扫过，没有什么灰尘。我不禁觉得，我们很像被关进了一个寒冷的灰色箱子里。

唯一的光源就是从天花板中央垂吊而下的灯泡，我和姐姐只要在房间里走动，两道影子便在四面墙壁上来回游动。灯泡的光很微弱，拂不去的阴暗沉积在房间的角落里。

这个方方正正的房间只有一个特点。

地面有一道宽约五十厘米的水沟。若将有门的那面墙视为正面，那道水沟恰巧从左手边的墙壁下方开始，笔直地穿过房间地面中央，延续到右手边的墙壁下方。水沟里，白浊的水从左往右流，散发出强烈的恶臭，接触到水流的水泥表面都呈现恶心的颜色。

姐姐用力地敲门，大声地喊叫：

"有人吗？"

没有回应。那道门相当厚实，怎么敲都纹丝不动，唯有敲击着沉重铁块的无情声响仿佛在诉说着以人类的力量是无法破坏这道门的。沉闷的声响在房间里回荡着。我觉得很难过,呆立在原地。我们什么时候才能从这里出去呢?姐姐的背包也不见了,她虽然有手机,却放在背包里,所以我们无法联络到妈妈。

姐姐将脸颊贴着地面,朝着门下方的缝隙大喊。她全身颤抖,浑身是汗,从身体深处发出求救的呐喊。

这次,从远处传来很像是人声的回应。我和姐姐对望一眼。

除了我们,附近还有人。但是那声音非常模糊,也听不清楚是什么。即使如此,还是令我松了一口气。

我们继续对着门又踢又打了好一阵子,还是没用。终于,我跟姐姐都累了,两个人疲倦地彼此依偎着睡去。

早上八点左右,我们醒过来。

在我们睡着的时候,从门下方的缝隙里塞进来一片吐司和一只盛了干净水的盘子。姐姐将吐司撕成两半,一半给我。

姐姐很在意把面包塞进房间的人。不用说,那个人肯定就是将我们关在这里的人。

横穿房间的水沟里的水在我们睡着时仍持续地流动着,不断地飘散出腐烂的臭味。我开始觉得恶心。虫的尸体和残羹剩饭漂在水面上,横穿房间流走。

我想上厕所。可是姐姐只看了铁门一眼,摇了摇头说:

"看样子是不会放我们出去的。你就在那条水沟里解决吧。"

我和姐姐等待着能离开这里的那一刻。但不论我们怎么等,那道门就是不打开。

"到底是谁?为了什么目的要把我们关在这里?"

姐姐坐在房间角落里喃喃自语着。隔着水沟,我也以同样的姿势坐着。灰色的水泥墙上交错着灯泡制造的光与影。姐姐疲惫的神情让我好难过,真想赶快离开这里。

姐姐又对着门下方的缝隙大喊,从某处传来了人的回应声。

"果然有人。"

然而回声太严重了,听不清对方说了什么。

好像只在早上才给我们食物,那天的其他时间里再也没有送吃的给我们了。我跟姐姐说我肚子饿,结果被姐姐骂,她说不过是少吃一餐,忍一下好吗?

因为没有窗户,我不是很确定时间。看了一下手表,现在应该是傍晚六点左右,从门的另一侧传出朝这里走来的脚步声。

一直坐在房间角落里的姐姐突然抬起头来,而我则稍微离开了门边。

脚步声越来越近。我心想,终于有人要来这个关住我们的房间了,那个人一定会跟我们解释为什么要把我们关在这里。我和姐姐屏住呼吸,等待着房门开启的瞬间。

然而和我们预期的不同,脚步声经过了房门前继续走。一脸错

愕的姐姐凑近铁门,朝着门下方的缝隙大喊:

"等一下!"

然而脚步声的主人无视姐姐的叫声,径自走远了。

"那个人该不会……没打算放我们出去吧?"我问。

我很害怕。

"不会……"

姐姐虽然这么说,但看她脸上的表情,我知道她不过是嘴上逞强罢了。

自从我们在这个房间里醒来,已经过去了整整一天。

这一天之内,从缝隙的另一侧曾经传来开关厚重铁门的声响、机械的声响、像是人发出的说话声和脚步声等,但是那些声音全都因为受到四壁回声的干扰而听不清楚。每个声响听起来都像是巨大动物的呻吟声,震动着空气。

我和姐姐所在的这个房间的房门一次都没有打开过。我们再次依偎着进入梦乡。

第二天·星期天

一睁开眼,门下的缝隙处摆着一片吐司,却不见盛水的盘子。昨天塞进来的盘子还在房间里。姐姐猜测,应该是因为我们没有把盘子推出去,才不给我们水。

"可恶!"

姐姐显得非常懊恼，一把举起了盘子。她原本打算摔盘子，却又停了手，应该是想到，要是打破盘子，可能再也不给我们水了。

"得想个办法离开这里才行。"

"可是，要怎么做？"我怯懦地问。

姐姐直直地望着我，接着将视线移向横穿房间的水沟。

"这条水沟一定是给我们作为厕所用的……"

水沟宽约五十厘米，深约三十厘米，从一边的墙壁下方冒出来，又从另一边的墙壁下方仿佛被吸进去似的消失。

"这对我来说太窄了，钻不过去。"

如果是你，一定钻得过去。姐姐这么对我说。

姐姐手上的手表显示现在大约是中午时分。

最后决定照姐姐所说的，由我潜入水沟到房间外面去。姐姐的想法是，如果这么做能够离开这栋建筑物，就一定能向外面的人求救；就算无法走到外面，那么能够摸索出周围环境中的任何蛛丝马迹也好。

但我实在很难提起劲。

为了钻进水沟，我脱到只剩内裤。但到了最后关头，我果然还是退缩了，想到自己要泡进这么浑浊、肮脏的水里，真的很难受。姐姐似乎察觉到了我的想法。

"求求你，忍耐一下就好！"

我迟疑着，将脚伸进水沟。水很浅，我的脚掌立刻触及了沟底。沟底黏黏滑滑的，一不小心就会滑倒。水深尚不及我的膝盖。

开在墙面的水沟口是细长的横向长方形。那是一个黑暗的洞穴，虽然洞口很小，但我应该能钻过去，因为我的个头在班级里是最小的。

水沟进入墙壁之中，仍像一条长方形隧道往前延伸。我把脸贴近水面，想看看前方的状况，然而我一凑近水面，立刻有一股恶臭蹿入鼻中。我看不清楚水沟前方的状况，看来真的得潜进水中一探究竟了。

万一不小心卡在墙壁中的这条隧道里回不来就糟了，所以姐姐将我的外衣外裤和两个人的皮带系成一条绳子，尾端用鞋带绑在我的一只脚上。我们的计划是，一旦情况危急，就拉绳子把我救回来。

"我该去哪一边？"

我张望着左右两边的墙壁问姐姐。水沟里上下游的两个口子分别开在左右两边墙壁中央的下方。

"你选吧。不过，只要你觉得前方一直是隧道，就马上回头。"

我先选了上游。换句话说，若将有门的墙壁视为正面，位于左手边的长方形洞口就是上游入口了。我走近墙壁，把身体浸在水沟里。肮脏的沟水从我的脚踝缓缓地覆上我的全身，宛如细小的虫子爬满全身，啃蚀着我。

我屏住呼吸，紧紧闭上眼，一头钻进不断涌出水流的长方形洞口。隧道里面很窄,又很浅,趴在水里匍匐前进的我,后脑勺撞到了隧道顶。

我的身体勉强钻过这条长方形水泥隧道,就像把线穿过针眼一样。水流的速度并不快,我可以轻易地逆流而上。

幸好,在流水的隧道里爬行大约两米之后,一直压迫着我的背和头的隧道顶的触感便消失了。我想我可能来到了一个比较大的空间,便从水里抬起头,站了起来。

这时,我听到尖叫声。

虽然我很不愿意让脏水跑进眼睛里,却还是睁开了眼。一时之间,我还以为又回到了原来的房间。这是一间和刚才的房间一模一样、被灰色水泥墙包围的狭小房间,水沟也笔直地穿过房间中央。我感觉像是钻进了水沟上游的隧道,却从下游的隧道钻出来了。

不过并非如此。待在房间里的不是姐姐,而是另一个人。她是一名看起来比姐姐年长一点的年轻女子,我没见过她。

"你是谁?"

她尖叫着,一脸恐惧地往后退。

从我和姐姐所在的房间沿着水沟往上游前进,来到的是一间构造完全相同的房间,同样有人被关在里面。两个房间的每个角落都一模一样,水沟也依旧往前延伸。而且,上游不止这一个房间。

我向这名困惑不已的年轻女子解释我和姐姐被关在下游的房间里，然后我解开绑在脚上的绳子，决定继续往上游方向前进。

结果在上游还有两个构造完全相同的房间。

也就是说，从我和姐姐所在的房间沿着水沟往上游算起，还有三个房间。

每个房间里都关了一个人。

第一个房间里是年轻女子。

再过去的房间里是长发女子。

最上游的房间里则是染了一头红发的女子。

大家都是莫名其妙地被关进来的。除了我和姐姐，其他被抓的都是大人。先不说姐姐，可能因为我的体形还小，才会和姐姐两人一组被关在一起吧。我没被当成一个大人计算。

红发女子的房间里，水沟上游的隧道口装了栅栏，没办法再往上前进。于是我游回原来的房间，向姐姐说明了所有的状况。

我的身上就算干了还是很臭，又没有水可以清洗，这么一来，房间里更臭了，但姐姐并没有抱怨。

"也就是说，我们的房间是从上游数过来的第四个？"

姐姐喃喃自语地思考着什么。

好几个房间连在一起，而且每个房间都关了人，这令我讶异不已，同时又觉得不那么害怕了。知道有这么多人和自己处于相同的状况，多少让我感到比较安心。

而且，大家第一眼看到我的时候都觉得很困惑，但不久，表情就亮了起来。看来大家被关到现在都没见到任何人，门也不曾打开过，根本无从知晓自己现在处于什么状况，也不知道墙壁的另一头有些什么，因为大家的体形都没有娇小到能够钻过水沟口，一点办法也没有。

每次当我潜入水沟打算离开房间时，每个人都拜托我一定要再回来告诉她我看到了什么。

大家都不知道究竟是谁将自己关进来的，所以大家都很想知道自己被关在一个什么样的地方，都很想知道什么时候才能出去。

我向姐姐报告完上游的状况，接着便往下游方向潜去。结果下游也和上游是同样的状况，是一个连着一个、昏暗的水泥房间。

下游方向的第一个房间和其他房间的状况都一样。

一名和姐姐差不多年纪的女孩被关在里面，看到我的一瞬间，她先是露出惊讶的表情，听完我的说明，整张脸便亮了起来。她也和大家一样，被关在同样构造的房间里，一样是莫名其妙地被关了进来。

我继续朝更下游的房间前进。

钻出水沟，我又来到了一间方方正正的房间，然而这次不太一样。房间的内部构造虽然和其他房间一模一样，但房间里没有人。空荡荡的房间里，灯泡的光线暗淡地照着这个灰色的箱子。到目前为止，我看到的房间里都有人，这个空无一人的房间让我有一种很不可思议的感觉。

水沟依旧向前延伸。

我离开空无一人的房间继续前进。虽然没有人帮我拉脚上的绳子,不过我并不担心,反正下游一定也是一个连着一个的小房间,所以我将绳子留在姐姐的房间里出发了。

从我和姐姐的房间朝下游方向数的第三个房间里,有一个看起来和妈妈差不多年纪的女人。

她看到从水沟里冒出来的我,反应并不大。我立刻察觉她不太对劲。

她非常憔悴,蹲在房间的角落里不停地发抖。我本来以为她和妈妈的年纪差不多大,但我可能误会了。或许她的实际年龄要更年轻一点。

我看向水沟的下游,墙壁下方的长方形水沟口装了栅栏,没办法再前进了。看样子这里就是下游的终点。

"那个……你还好吗?"

我有些担心,开口问她。她的双肩抖个不停,惊惧的眼神盯着全身不停滴水的我。

"你是谁?"

她的声音仿佛灵魂出窍似的,无力而沙哑。

她和其他房间里的人的状态显然很不一样。她的头发乱成一团,水泥地上到处是她掉落的发丝,脸和手都被汗水弄得脏兮兮的，双眼和脸颊凹陷，宛如一具骷髅。

我向她说明自己是谁、在做什么之后，她阴郁的眼眸中似乎闪现了一丝光芒。

"这么说来，在这条水沟的上游还有活着的人，对吧？"

活着的人？我不大懂她的意思。

"你也看到了吧？不可能没看见！每天，只要一到傍晚六点，这条水沟里就会有尸体漂过来啊！"

我回到姐姐身边，告诉她水沟前方的状况。

"总共是七个房间连在一起呀……"

听到姐姐这么说，我为了方便说明，便给每个房间编上了号码。从上游按照顺序数过来，我和姐姐的房间是四号，而最后一个女人所在的房间便是七号。

然后我犹豫着该不该告诉姐姐七号房女人讲的事情。要是我把那个女人的话当真，告诉了姐姐，说不定会被她当成笨蛋。就在我犹豫不决的时候，姐姐似乎察觉到了。

"还有别的情况吗？"

我战战兢兢地告诉姐姐七号房女人所讲的事情。

据那个面容憔悴的女人所说，每天傍晚，只要一到固定的时刻，水沟里就会漂来尸体。据说尸体会从上游漂到下游，乘着水流缓缓地漂过每个房间。

那么，为什么那些尸体能钻过水沟狭窄的出口呢？我越听越觉得不可思议，更何况七号房的水沟下游出口还装了栅栏，要是尸体从上游漂下来，最后势必会被卡在栅栏口。

然而那个憔悴的女人是这么说的：

她打从被关进房间的那一天起，每天一到傍晚，就会看到它们漂在水中，流过房间中央而去。

姐姐听了我的话，眼睛越睁越大。

"她说昨天晚上也看到了？"

"嗯……"

昨天，我们并没有察觉到水沟里有异物。不，是我们没察觉到吗？昨天傍晚六点，我们都还醒着；而且那条水沟，不论待在房间里的哪个位置都看得到，如果真有什么奇怪的东西漂在上面，我们不可能察觉不到异状。

"上游三个房间里的人提过这件事情吗？"

我摇摇头。提到这件事情的人只有七号房那个憔悴的女人，难道只有她出现了幻觉？还是因为别的什么？

然而我无法忘记她的脸。双颊消瘦，眼睛下方是深深的黑眼圈，眼神仿佛死人般黯淡，那是打从心底害怕着什么的表情。那个憔悴的女人和被关在其他房间里的人有某种截然不同的特点，我觉得她一定正处于某种极为痛苦的煎熬之中。

"你觉得她说的是真的吗？"姐姐问我。

我摇了摇头。我不知道。此刻我只觉得深深的不安。

"我们再等一下，一定会知道的。"

我和姐姐靠着房间的墙壁席地而坐，等待着姐姐手腕上的手表显示时间为傍晚六点。

终于，手表的长针、短针排成一条直线，连接了数字"6"与"12"。银色的指针反射着房间里灯泡的光线，告诉我们时间到了。我和姐姐屏住呼吸，紧盯着水沟。

门外似乎有人在走动。听到那声响，我和姐姐更是无法冷静。外面的脚步声和现在这个时刻莫非有什么关联？不过，可能认为就算出声喊叫也没用，姐姐并没有从门下的缝隙呼叫在外面走动的那个人。

从遥远的某处传来机械低鸣的声响，然而水沟里并没有什么异物流过来，只有无数死掉的飞蚁漂在浑浊的水面上。

第三天·星期一

我醒来的时候是早上七点。门下方的缝隙旁摆着塞进来的吐司。昨天，我们将用过第一餐之后就一直放在房间里的盛水盘塞过缝隙放到了门外。可能这样做是正确的，今天就有水可以喝了。将我们关在这里的那个人大概在分配早餐吐司给大家的时候，一只手提着装了水的水壶。他将每一片吐司塞进缝隙时，就顺便往放在门外的盘子里倒入清水。我想象着那个面目不清的人穿梭于七道门前的光景。

姐姐将吐司撕成两半,把比较大的那半片给了我。

"我有件事要拜托你。"姐姐说。

她希望我再钻进水沟里,去问大家一些事。我虽然很不情愿再进入那条水沟,但姐姐说,如果我不愿意,就把吐司还给她。我只好答应了。

"我要你问大家两件事情:一、大家是几天前被关进来的?二、曾经看到尸体漂过水沟吗?去帮我问一趟吧。"

我照做了。

首先,我前往上游的三个房间。

大家一看到我,都露出松了一口气的表情。我把姐姐交代的问题问了每个人。

我本以为,被关在没有窗户的房间里,应该很难知道自己被关了多久。没想到大家都很清楚自己被关进来几天了。虽然不是每个人都有手表,但因为一天只送来一次食物,只要数数送来的次数就知道了。

接着,我往下游出发,情况却变了。

五号房和昨天一样,那个年轻的女孩还在。

但是,昨天还空荡荡的六号房,今天出现一个我初次见到的女人。她一看到从水沟里冒出来的我,便发出惨叫,吓得大哭大喊,大概以为我是什么怪物吧。跟她说明整个状况花了我好一番工夫。

我说我也是被关在这里的人,因为体形还小,所以能在水沟里来去自如,她才终于懂了。

她说她昨天醒过来就发现自己在这个房间里。她原本在堤防上慢跑,经过一辆停在路旁的白色旅行车时,突然被什么东西打了头,失去了意识。大概被打的地方还在痛,她跟我说话的时候一直按着头。

我前往七号房,那里又发生了出乎意料的事情。

昨天在这个房间里的是那个憔悴的女人,她告诉我从水沟上游会有尸体漂下来,然而今天那个女人不见了。房间里不见她的踪影,只剩下水泥砌成的冷冰冰的空间,灯光照出了虚空。

而且不可思议的是,我发现这个房间比我昨天进来的时候干净许多,不大感觉得出曾经有人被关在这里。墙壁和地面都非常干净,灰色水泥表面唯有灯泡制造的明暗区域。

昨天我在这里看到的女人是我的错觉吗?还是我弄错了房间?

我回到四号房,告诉姐姐我问到和看到的所有事情。

姐姐交代我问的第一个问题,每个人的回答都不一样。

一号房的红发女子说今天是她被关进来的第六天,因为食物送来了六次,绝对不会错。

二号房的长发女子是第五天,三号房的年轻女子是第四天,而四号房的我和姐姐则是在这个房间里醒来之后的第三天。

还有,下游五号房的女孩是第二天,然后是昨天晚上在水泥房间里醒过来的女人,因为她今天早上是第一次拿到了食物,所以是第一天。

那么七号房的那个人被关了几天呢?然而在我开口问她之前,她便消失了踪影。

"她被放出去了吗?"姐姐问。

我说我不知道。

至于第二个问题——"曾经看到尸体漂过水沟吗?"大家的反应都是摇头,没人见过水沟里有尸体漂过。不仅如此,每个人在听到这个问题的时候都露出了不安的表情。

"为什么这么问?"

每个房间里的女人都反问我,似乎认为我应该是听到了什么特别的消息才会这么问。实际上正是如此。因为大家无法像我一样得知其他房间的情况,所以一切只能凭空猜测。大家只能待在封闭的空间里,一边胡乱想象着墙壁的另一侧或许是电视台或游乐园,一边打发时间。

"我以后再跟你解释……"

我想赶紧问完所有人,所以匆忙地结束谈话。

"不行,你不能走。你该不会是把我关在这里的人的同伙吧?你说其他的房间里也关了人,都是骗我的吧?"

当我准备离开一号房时,被关在这里的她这么说。唯有她这么说过。接着她便走进水沟,站到下游一侧挡在墙壁前,她的脚刚好堵住水沟的出口。这么一来，我就回不去了。

没办法，我只好把我昨天在七号房听到的事以及姐姐要我问大家这两个问题的事全都告诉了她。她脸色苍白，说怎么可能，不可能有这种事，接着便让了道。

结果没有任何人曾经看到尸体漂过。果然是七号房的人在做梦吗？要是这样就好了。我心想。

那个七号房的憔悴女人说，每天只要时间一到，就会有尸体从上游漂下来，但是在这里被关了好几天的上游房间里的人都说没看到过。真搞不懂。

我叹了口气，拿起之前做好的绳子，擦拭被水沟里的水弄脏的身体。我的上衣和裤子通通被做成了绳子，后来绳子一直没拆掉，所以一直都只穿着内裤。幸好房间里还算暖和，我才没感冒。而早已没有用处的绳子就这样一直被扔在房间的角落里，偶尔充当我擦拭身体的毛巾。

我抱着膝，直接躺在粗糙的水泥地上，肋骨碰到坚硬的地表。躺在地上其实很痛，但这也是没办法的事。

我想，即使是这样不确定、又诡异的消息，也应该告诉其他房间里的人吧？大家能确定的只有自己眼前看得到的范围内所发生的事情，心里一定很害怕。

可是，一想到大家听了这些话，说不定心里反而更混乱，我不禁犹豫了起来。

坐在房间角落里的姐姐一直凝视着墙壁和地板的接合处。突然,她伸手捏起了什么东西。

"有一根头发掉在这里。"姐姐似乎相当意外。

她用指尖捏着那根长头发的一端,让它垂着。我不明白姐姐为什么要特别强调这种事。

"你看,这个长度!"

姐姐站起了身子,然后像是要确定捡到的发丝的长度似的,抓住发丝两端,拉直给我看。那根头发有五十厘米长。

我终于弄懂了姐姐的意思。我和姐姐的头发都没有这么长。这就表示,掉在地上的发丝属于我们俩以外的人。

"所以这个房间在关了我们之前也关过别的人吗?"

姐姐脸色发青,呻吟似的,一字一句地吐出来:

"一定……不……大概是……这或许是很蠢的猜测……你也注意到了吧?上游的人被关的时间都比较长,而且,往下游去,每下移一个房间就被多关一天。也就是说,是从最上游的房间开始把人关进去的。"姐姐再次把思考的焦点放在每个房间里的人被关的天数上,"这样的话,在那之前又是什么状况呢?"

"你是指把人关进来之前?不是空荡荡的吗?"

"没错,是空荡荡的。那么在那之前呢?"

"空荡荡的之前,当然也是空荡荡的啊。"

姐姐摇摇头,开始在房间里踱起圈子。

"你想想看，昨天是我们在这个房间里醒来之后的第二天，而对下游那个五号房里的人来说是第一天。我们把六号房想成是第零天，房间里是空的。但是对七号房的人而言呢？按照这个顺序思考的话，对关在七号房里的人来说，应该算是第负一天，对吧？小学教过负数了吗？"

"那个我懂。"

但是，姐姐讲的事太复杂，我听不大懂。

"听好了，那个被抓进来关到第负一天的人不见了。虽然这是我胡乱推想的，不过我想昨天应该是她被带来这里的第六天。她在一号房的人被关进来的前一天就被带到这里来了。"

"那么她现在到哪里去了？"

姐姐停止了踱步，欲言又止地望着我。她犹豫了一会儿之后对我说，那个人恐怕已经不在这个世上了。

昨天还在的人消失了，空房间里突然有了人。我将穿梭于水沟之中看到的每个房间的相异处，对照着姐姐的话思考。

"每过一天，空房间就会依序往下游方向顺移一间。等轮过了最下游的那个房间，就从上游的第一个房间重新来过。七个房间代表了一个星期……"

每一天，都轮到一个人在房间里被害，尸体被扔进水沟里漂走。同时，隔壁的空房间会有人被关进去。

按照顺序害人，同时补人进去。

六号房昨天并没有人，今天却有了。有人被抓来，补进那个房间。

昨天，七号房里还有人，今天却消失了。是被害了，丢进水沟里漂走了。

姐姐咬着右手的大拇指，仿佛在喃喃地念着某种可怕的咒语，眼神涣散。

"所以，只有七号房的人才会看到尸体漂过水沟。因为如果是按照这个顺序把人关进来的，那么就算把尸体扔进水沟漂走，那个房间上游的人是看不到的。这么一想，七号房的女人说的话并不是幻觉或做梦。换句话说，她所看见的正是在她之前被关进其他房间里的人的尸体。"

姐姐向我说明为什么昨天看得见尸体漂过水沟的人只有七号房的女人。因为内容太复杂了，我听不大懂，但我想姐姐说得没错。

"我们是在星期五被带来这里的。那一天，五号房的人被害，尸体被扔进水沟。过了一个晚上，星期六那天，六号房的人被害，五号房里又有人被抓进来。所以你之前看到的空房间，其实是关在里面的人被害之后的样子。接着是星期天，七号房的人被害了，就算我们在这里监视着水沟，也不可能看到，因为她的尸体并不会往上游漂过来。然后，今天……是星期一……"

一号房的人会被害。

我立即前往一号房。

我把姐姐的推测告诉了红发女子，但她不相信。她皱着眉头说："怎么可能会发生这种事啊？"

"可是就怕万一呀，你得赶快想个办法逃走才行……"

然而该怎么逃走？没有人知道。

"我才不信！"她生气地对我大吼，"这个鬼房间到底算什么！"

我要穿过水沟回到姐姐的身边，途中必须经过两个房间，两个房间里的人都问我发生了什么事。我不知道该不该告诉她们，结果我什么都没讲，只跟她们说我马上回来，便回到了姐姐所在的房间。

姐姐在房间的一角抱着膝。我刚从水沟里起身，姐姐便对我招了招手。她一点都不介意我被沟水弄脏的身体，紧紧地抱着我。

姐姐的手表显示已是傍晚六点。

水沟里流动的水掺进了红色。我和姐姐不发一语，只是紧盯着水沟。从水沟上游的长方形洞口漂来一个光滑的白色小物体。一截断指上，仍戴着金色的戒指。

姐姐捂着嘴呻吟着。她在房间角落里吐了，但吐出来的几乎都是胃液。我唤她，但她没理会我，仿佛灵魂出窍般地始终沉默不语。

这些幽暗、阴郁、方方正正的房间把我们一个个地隔离开来，让我们充分品尝孤独的滋味之后，夺走我们的生命。

"这个鬼房间到底算什么!"

一号房的人那时这么喊着,她颤抖的呐喊在我的脑海中挥之不去。我不禁觉得,这个紧紧锁住的房间所代表的意义不仅是关住我们这么单纯,它把更重大的、像是我们的人生或灵魂之类的东西也全部监禁起来,孤立我们,夺走我们的光明。这里根本就是灵魂的牢狱。这个房间给了我这辈子从未见过也从未体验过的真正的孤寂,让我知道,我们已经没有了未来,活着毫无意义。

姐姐抱膝缩起身子痛哭失声。我想,或许那正是我们在出生之前的遥远过往中的样子,是历史尚未开始的时候人类真正的形体,在黑暗、湿热的箱子里哭泣着,就像此刻哭泣的姐姐一样。

我扳起手指头数。我和姐姐被害的时间,应该是被关进来的第六天,也就是星期四的傍晚六点。

第四天·星期二

过了好几个小时,水沟里的红色消失了。在红色完全退去之前,水沟里漂过来的是肥皂水泡沫。我想可能有人正在打扫上游的房间。一定流了很多血,所以是在灭迹吧。

姐姐的手表显示已经过了午夜十二点,我们被带进来的第四天,星期二来临了。

我潜进水沟,朝上游的一号房前进。

途中,两个房间里的人都逼问我,漂过水沟的那些东西是怎回事。我只对她们说等一等再说，便急忙前往一号房。

果然，昨天还在的那个红发女子消失了，整个房间像是刷洗过，非常干净。应该是如我所料的那样，有人打扫过了吧！我不知道是谁刷洗的，但肯定是将我们关进来的那个人。

姐姐在房间里发现的长发丝果然是我们被带来之前在那个房间里被害的女生的头发。在事后清洗的时候，偶然地在房间角落里落下了一根没被肥皂水冲走的发丝。

把我们带来这里的究竟是什么样的人？谁都没见过那个人的长相。我们有时听到门外传来的脚步声，一定就是那个人的吧？

我没见过那个人，连声音也不曾听过，但那个人的确存在。他在门的另一边走动着，每天将面包、水和死亡送进房间。是他设计了这七个房间并想出按顺序害人的规则吗？

或许是因为不曾亲眼见过那个人，对他，我有一种难以名状的厌恶感。不久，我和姐姐也会遇害吧？我开始觉得，我们恐怕唯有等到被害的前一刻，才能清楚地看见他的模样。

这么说来，那个人根本就是死神啊。我和姐姐，还有其他人，都被禁锢在那个人所设计的规则之中，早已被判了死刑。

我前往二号房，把姐姐昨天整理出来的想法告诉那个被关到了第六天的长发女子。她没有驳斥我说那是一个愚蠢的推测，因为她眼睁睁地看到了从上游漂下来的一切。大概隐约察觉到自己再也不可能走出这个房间，她听完我的话，和姐姐一样陷入了沉默。

ZOO 63

"我会再来的。"

说完我便前往三号房，作了同样的说明。

三号房的女子将会在明天遇害。在此之前，她完全不知道自己到底要在这个房间里待多久，也不知道自己究竟会遇上什么事。然而如今，她清清楚楚地被告知了自己的命运。

三号房的女子捂着嘴，眼泪扑簌簌地掉个不停。

是知道自己何时遇害还是不知道比较好？我不是很确定。说不定，没被预告死亡时间、每天只是盯着漂过眼前之物、惶惶不安地度过反而好。门会突然打开，某个素不相识的人会突然冲进来行凶。

看着眼前哭泣的女子，我想起了七号房那个憔悴的女人。大家都露出了和她相同的表情。

绝望。已经连续这么多天被监禁在这个四四方方的水泥房间里，实在很难想象这纯属某人的游戏。但就算不想知道，我们还是通过某种方式知悉了死亡真的会降临到自己身上。

之前在七号房的那个女人是否每天望着水沟里漂过之物，猜想着下次就轮到自己了？她甚至连自己何时被害都无从得知。一想起她恐惧的表情，我的心就好痛。

我向二号房、三号房的人说明了的状况，也向五号房、六号房的人作了说明。

然后是七号房，里面住进了新的人。她一看到从水沟里冒出来的我，便尖叫了起来。

我回到四号房里姐姐的身边。

我很担心姐姐的状况。她坐在房间角落里一动也不动，只是盯着眼前的手表。

早上六点。

此时，门的另一侧响起了脚步声。从门下的缝隙中塞进来一片吐司，门外传来将清水注入盘子的声音。

门下的缝隙常透光进来，只有那附近的灰色水泥地面有时会呈现一方朦胧的白色。现在，那儿正映出一个晃动的人影。有人站在门前。

门的另一侧，正站着那个害了许多人、现在仍将我们关在这里的人。一想到这里，那个人身上散发的黑暗、残酷的压迫感便穿透铁门，沉甸甸地压上我的胸口，几乎让我喘不过气来。

姐姐突然整个人弹了起来。

"等一下！"

她像是整个人要冲进门下的缝隙似的，把嘴紧贴着缝隙大声喊，拼命将手塞进缝隙中，但只有手掌伸得出去，手腕被卡住了。

"求求你！听我说！你到底是谁？"

姐姐拼命地喊话对方，然而门外的那个人完全无视姐姐的存在，径自离去了。脚步声逐渐消失。

"可恶……可恶……"

姐姐一边喃喃自语,一边靠在门边的墙壁上。

铁门上没有把手。从合页的设置方式来看,这扇门是往内推开的。打开这扇门的时候,就是房间里的我们被害的时候吧。

我会死。我思考着这件事。被关进来之后,我曾经因为回不了家而哭过好几次,还不曾因为会死而哭过。

所谓死是怎么一回事?我毫无真实感。

那一定很痛。死了之后,又会变成什么样呢?好恐怖。然而当下最令我害怕的是,姐姐比我更恐慌。看着全身缩成一团的姐姐不安地环顾着正方形房间的各个角落,我不知道该怎么办,也跟着冷静不下来。

"姐……"我仍不安地站在原地,出声呼唤她。

姐姐抱着膝,空洞的眼神望向我。

"你把七个房间的规则告诉大家了?"

我不知所措地点了点头。

"你做了很残忍的事……"

"可是我不知道那是不应该说的……"虽然我这么辩解,但姐姐似乎没听进去。

我前往二号房。

二号房的长发女子看见我,露出松了一口气的表情。

"我一直担心如果你不回来了该怎么办……"

她露出虚弱的笑容，我却感到一阵暖意。在除了水泥还是水泥的空间中，我已经很久不曾看到别人的笑容了，因此眼前的她温柔的神情仿佛带来了光明与温暖。

可是，已经知道自己今天会死，为什么还能露出这种表情？我觉得很不可思议。

"刚刚呐喊的人是你的姐姐吗？"

"嗯，是啊。你听见了？"

"我听不清楚她说了些什么，但我猜应该是她。"

接着她告诉我关于她故乡的事情。她说我长得很像她的外甥。她被关进这里之前，从事的是处理办公室事务的工作，放假时经常去看电影。

"你出去以后，请帮我把这个交给我的家人。"

她解下脖子上的项链，系到了我的脖子上。银色的链子上垂着一个小小的十字架，她说那是她的护身符。自从被关进来，她每天都握着十字架祈祷。

我和她在一天之内成了好朋友。我们并肩坐在房间的角落里，背靠着墙，双腿随意地伸展着，有时站起来边比画边说话。从天花板垂吊下来的灯泡发出的光在墙上投下巨大的影子。

除了我们的谈话声，房间里只有沟水流动的声响。望着水沟，我突然想起自己总是在水沟里来来去去，身上一定臭得叫人忍不住皱起眉头。所以我挪了一下位置，稍微离她远一点。

"你为什么要坐那么远？我也好几天没洗澡了，鼻子早就麻木了。如果能离开这里，我想做的第一件事就是赶紧把全身洗干净。"

她微笑着说道。

她说话的时候也经常露出笑容。我觉得很不可思议。

"为什么……你明知道自己会被害，却没有大哭大叫？"

我的表情一定显得十分困惑。她想了一下，说："因为我已经接受这个既定事实了。"

简直像教堂里的女神雕像，她的神情寂寞又温柔。

道别的时候，她紧紧地握住我的手好一阵子。

"好暖和呢。"她说。

傍晚六点前，我回到了四号房。

我跟姐姐解释自己脖子上的项链是怎么得来的。姐姐紧紧地抱住了我。

不久，沟水开始变红，流过了房间。

我的胸口痛起来，大脑里和水沟里一样染上通红，世界上的一切全都成了血红色，发着高烧。我什么都无法思考。

回过神时，发现我靠在姐姐的怀里哭了。姐姐抚着黏在我额上干了的头发，被脏水弄湿的头发干了之后变得又硬又脆。

"好想回家。"姐姐喃喃地说。

她的声音非常温柔，一点都不像是身处于这个被灰色水泥包围的房间。

听到她这么说，我点了点头。

第五天·星期三

有害人者，当然就有被害者。这七个房间的规则是固定的。本来，这是唯有害人者才知道的规则，站在被害者的角度，我们是不可能知道的。

然而，出现了例外。

把大家带来这里关起来的那个人将个头还小的我和姐姐关进了同一个房间。因为我是小孩，所以没被当成一个人计算吧！或者是因为姐姐也不算成年人，所以将我们姐弟俩视为一组。

因为我的体形小，所以能够来往于水沟里，把自己所在的房间之外的状况掌握得一清二楚，并据此推测出害人者所定下的规则。而且我们已经知道对方的行程，对方并不知道我们已经知道了。

害人者和被害者的立场是不可逆转的。在这七个房间里，这个法则绝对地存在着。

不过，我和姐姐已经开始思考活下去的办法。

第四天结束了。

第五天，星期三来临了。二号房的人消失了，一号房有新的人被关进去。

这七个房间的规矩就是如此循环着，不知道从多久以前就是这样了。水沟里已经漂过多少人了?

我在水沟中来来去去,和所有人说话。当然,每个人都是一副毫无生气的表情。当我要离去时,每个人都表示希望我再去她的房间。大家都被迫单独留在房间里,被迫品尝着孤独,那肯定是难以忍受的。

"只有你能逃出去。只要像这样持续地在各个房间之间移动,就可以避开凶手了……"当我正要潜进水沟时,姐姐说,"把我们关在这里的那个人,一定不知道你能像这样在各个房间之间移动。所以明天就算我在这个房间里被害,你也能逃去别的房间。只要像这样一直逃,就不会被害了。"

"可是,我会长大,总有一天无法钻过出口。更何况凶手一定记得这个房间里关了两个人,要是我不见了,他一定会到处找我。"

"但你至少可以多活一阵子啊。"

姐姐似乎被逼得想不出办法来,建议我明天就这么做。我觉得那只是稍微拖延时间而已,可姐姐考虑的似乎是,说不定在那段多活下来的时间里,就会出现可以逃走的机会。

不可能有那种机会,我心想,根本不可能逃出这里。

三号房的年轻女子那天一直和我说话。她的名字有点怪,光听发音我不知道该怎么写,于是她从口袋里拿出记事本,在微弱的灯光下写给我。那本记事本附有一支小小的铅笔。把大家关进来的那个人没拿走她的记事本,她说她一直装在口袋里。

铅笔的尖端有很多齿痕,笔芯笨拙地露出来。她为了使钝了的笔芯露出来,似乎用牙齿将笔端的木头咬掉了。

"我父母常常给独居在都市的我寄食物。因为我是独生女,所以他们特别担心吧!快递员总会送来整箱的马铃薯或小黄瓜,可是因为我常待在公司,老是收不到呢。"

她如今仍然很担心快递员抱着她父母寄来的包裹站在她公寓的玄关前痴痴地等。这么说着的她,呆呆地望向漂着成团蛆虫的浑浊水面。

"我小时候常在老家附近的小溪玩耍。"

据她说,那是一条连溪底的石头都看得见的清澈溪流。我听着她的话,想象着犹如梦幻世界的那条小溪。摇摇晃晃的水面反射着阳光,闪耀着细碎的光芒,是一个非常明亮的世界,头顶万里无云,晴空没有尽头。自己的身体仿佛违反了重力,不断地往上、再往上,被吸进去似的,感觉到了那片无边无际。

我好像开始习惯了被关进的这个阴郁、狭窄的水泥房间,习惯了水沟中飘来的腐臭以及因灯光映衬而分外突显的黑暗。我开始忘记进来这里之前所待过的普通世界了。想起外面有风吹拂的世界,我不禁难过起来。

我想看天空,以前我从未有过如此强烈的渴望。被关进来之前,为什么没有多花些时间好好地眺望云朵?

跟昨天与二号房的长发女子在一起时的举动一样，我也和她并肩坐在地上聊天。

她同样没有放声大哭或对这不讲理的状况表示愤怒，我们只是很平常地像坐在午后的公园长椅上聊着天。这能让我们暂时忘记自己身处于这个被坚硬的灰色墙壁包围的房间之中。

两个人唱着歌，我的脑海中突然浮现一个疑问：为什么我眼前的这个人会被害？接着，我想到自己也会被害。

我试着思考我们被害的理由，但最后只能得出一个结论：因为把我们带来这里的那个人想害人。

她拿出刚才那本记事本，放到我的手中。

"如果你能离开这里，请帮我交给我父母，好吗？拜托你了。"

"可是……"

我真的能离开这里吗？昨天，二号房的人也期待着我能离开这里，将十字架的项链系到我的脖子上。但是，根本没有人敢保证我能离开这里。

正当我想这么告诉她的时候，门外突然有了动静，似乎有人站在那儿。

"糟了！"

她的表情一瞬间变得僵硬。

我们都很明白，不知不觉已到了最后的时刻：傍晚六点。我应该更早离开这里的，却逗留到现在。一方面是因为她没有手表，一方面是因为和她在一起太快乐，我连时间都忘了。

"快逃！"

我站起身，立刻进入水沟，钻进通往上游方向的长方形隧道。我应该往下游方向回到姐姐所在的隔壁房间才对，但通往上游的洞口离我比较近。

就在我冲进洞口的同时，身后传来开启沉重铁门的声音。我的头脑瞬间发烫。

把大家关进来的那个人出现了。对那个人，我早已怀着"唯有到死前才被允许看见他"的不祥幻想，畏惧那个死亡的象征，仿佛只要稍微接近，我的身体就会从指尖开始灰飞烟灭。

我的心跳加速。

我钻出洞口，站在空无一人的二号房里。我仍站在水沟中，深深地呼吸，把她交给我的记事本放到地上。

现在，在三号房里，把我们关进来的那个人正要害她。一想到这里，某个想法开始纠缠着我，挥之不去。我怕得全身颤抖。那么做非常危险，但我非做不可。

我和姐姐想逃离这里。我们一直在思考可行的办法，但想不到出路。不过姐姐一直想获得更多情报，任何细微的线索都可以。我们一直在寻找能逃离这里、再次看见天空的机会。

为了这个目的，正如到目前为止我们所采取的方式，只能由我的双眼去看见那些谜一般隐藏在黑幕后的部分，再告诉姐姐。

谜一般……的部分，是指将我们关在这里的人的真面目及其害人的手法、顺序。

我在考虑再次退回隧道里偷看三号房的情况。当然，要是在那个狭小的房间里探出头被发现，连我也会当场没命。我只能小心翼翼地藏在水沟里窥视房间里的情况。但光是这样，我已经紧张到快昏过去了。要是我被发现在偷窥，应该活不到明天吧！

在水沟的下游方向，隔开二号房和三号房的墙上有个细长的横向长方形洞口，我刚从那儿爬出来。此时，我又在那个洞口前跪了下去。水流不断地流过我的大腿内侧，被吸入眼前的长方形洞口。

我深吸一口气，尽量不发出声音，进入隧道。水的流速很缓慢，只要当心一点就不会被冲走。我从迄今为止的经验中学到，只要手脚牢牢地贴住隧道内壁，即使背对身也能逆水前进。但隧道的水泥内壁可能因为水太脏了，覆着一层滑溜溜的黏膜，很容易滑倒，一定得非常小心。

在长方形隧道里，水面与隧道顶之间几乎没有空隙。为了看清楚三号房里发生的事，我只能潜入水中，在水里睁开眼睛看。

虽然很不想在脏水里这么做，但我还是睁开了双眼。

我将手脚贴住隧道内壁，把身子藏在隧道中，停在只差一点点就进入三号房的洞口附近。沟水仿佛在缠抓似的拍打着我全身的皮肤，往前方流去。在浑浊的水中睁开眼，我看见了微弱的、长方形的光，那是三号房的灯泡发出的光。

水流声中混杂着机械声。

水很浑浊,我看不清楚,只看见了一个黑色的人影在动。

我的脸颊旁流过一团紧咬着某种腐烂的东西的蛆。

我想看得更清楚,试着再靠近洞口一点。

手脚滑了一下,我立刻使劲用指尖攀住墙壁。附着在隧道内壁的滑溜溜黏膜被我的指尖刮到的地方一点一点地脱落,划出了一条线。突如其来地被水流一冲,我好不容易才稳住身子,但我的头已经露出隧道。

我看到了。

刚刚还在跟我说着话的女子不见了。

从没见打开过的铁门敞开着。我们看到的门的内侧很平滑,什么都没有,但门的外侧装有门闩——那是为了把大家关起来、确保每个人到死都是孤独一人的门闩。

房间里有个男人。他背对着我。要是他正面朝着我,一定早就发现我了。

我看不见他的脸,但他的手上握着一把电锯,正发出很大的声响。我发现有时从门外传来的机械声就是这个。男人站得直挺挺的,将电锯一次又一次地朝眼前刺。

整个房间里一片通红。

突然,电锯声消失了。我和男人之间只剩下沟水的水流声。

男人打算回头。

我用指甲攀住隧道内壁，慌忙往后退。男人似乎没有发现我。不过要是再晚一秒，我大概就和他四目相对了。

我回到空无一人的二号房，但是这里也称不上安全，因为会关新的人进来，那扇门随时可能打开。我拾起地上的记事本，前往一号房。现在根本不可能穿过三号房回到姐姐的房间。

我在一号房的女子身边并肩坐下。

"你看到了什么？"

我的脸色一定很难看，所以她这么问。她是昨天晚上被关进来的。我虽然已经告诉她七个房间的规矩，但我无法向她讲述自己刚才所看见的一切。

我翻开三号房女子交给我的记事本，阅读里面的内容。因为我曾潜入水中，页面黏在了一起，光是翻开就弄了很久。虽然纸张变得皱巴巴，不过上面的文字仍可以辨识。

她写了一篇很长的文章给父母，里面反复写着"对不起"三个字。

第六天·星期四

我实在太害怕碰到那个男人，没办法回四号房，只好整晚待在一号房。一号房的女子打从心底欢迎我留下来，还把早餐的吐司多分了一些给我。我一边吃着吐司一边想，姐姐一定为我担心得不得了。

终于，我下定决心回姐姐所在的房间，于是潜入水沟。二号房已经有新的人了。和每个第一次看到我的人反应一样，她吓了一大跳。

三号房则是空空荡荡的，洗刷得干干净净。我试着寻找昨天跟我一起聊天的人曾经存在过的任何证据，然而什么都没有，只是一个空洞的水泥房间。

回到四号房，姐姐紧紧地抱住我。

"我还以为你被害了!"

即使如此，姐姐仍留着吐司没吃，一直等我回来。

今天是星期四，我们被关的第六天。轮到我和姐姐了。

我告诉姐姐，我一直待在一号房，那个女子分了吐司给我吃。我对姐姐说，对不起，我已经吃过了，她可以吃掉整片吐司。姐姐只是红着眼眶骂了我一声"傻瓜"。

接着我告诉她，三号房的人遇害的时候，我躲在隧道里，努力想看清楚凶手的长相。

"你怎么做这么危险的事!"

姐姐生气了。但当我讲到门的部分，她静下来认真听我说。

姐姐站起来，伸手摸着嵌在墙里的铁门。她握起拳头，用力敲了铁门一记，房间里响起坚硬金属和柔软皮肤碰撞的声音。

没有把手的门，和墙壁几乎没有两样。

"门的外侧真的有门闩?"

我点点头。从房间内部看，合页在门的右侧，而且门是朝房间里面开启的，因此那时藏在上游隧道里的我清楚地看见门的外侧。门上的确有一道看上去非常坚固的横向门闩。

我再次望向房门。门并不是开在墙面的正中央，而是较偏向左手边。

姐姐的神情非常可怕，直瞪着那扇门。

看看姐姐的手表，已经是中午十二点了。距离傍晚的最后时刻只剩下六个小时。

我坐在房间角落里，翻着三号房女子交给我的记事本，里面写着关于她父母的事，害得我也好想见我的爸爸妈妈。他们一定很担心我们。我想起在家的时候，每到睡不着的夜晚，妈妈都会用微波炉温热牛奶给我喝。大概是昨天在脏水里睁开眼睛的缘故吧，一流泪，眼睛就痛得不得了。

"我绝对不会让事情就这样结束……绝对不会……"

姐姐语带恨意，对着铁门喃喃自语，双手颤抖着。回头看向我的姐姐，脸上的表情显得十分悲壮，眼白部分仿佛闪烁着狰狞的光芒。

昨天虚弱无力的眼神已不复见，那是一种下定决心的表情。

姐姐又问我关于凶手的体格及其手中电锯的事情。难道她打算在凶手袭击我们时和他硬碰硬打起来吗？

男人手中那把电锯的长度约相当于我身高的一半，发出地震般的声响，刀刃部分高速运转。姐姐究竟打算怎么和拿着那种东西的男人对抗？可是，如果不反抗，我们只有死路一条。

姐姐看了看手表。

那个人马上就要来了。那个人是我们现在所处的这个世界的规则——绝对会降临的死亡。

姐姐要我潜入水沟去跟大家说说话。

时间很快过去了。

这条水沟已经漂过了多少人？我潜入污秽的水中，穿梭于长方形的水泥洞口和各个房间。

除了我和姐姐，此时被那男人关住的还有五个人。这五个人当中看过沟水染红的，是位于我们房间下游的三个人。

我去了她们的房间，向她们道别。大家都知道今天轮到我和姐姐了。有人悲伤地捂着嘴，有人则因为知道自己终究会是同样的结局而绝望不已，还有人建议我逃去别的房间，就算只有我能逃走也好。

"你带着这个吧。"

五号房的年轻女孩将一件白毛衣交给只穿一条内裤的我。

"这里很温暖，不需要毛衣……"

接着，她紧紧地抱住我。

"愿幸运降临在你和你姐姐的身上……"

她的声音颤抖着。

终于，傍晚六点就要到了。

我和姐姐坐在房间的角落里。这个角落位于正对铁门的那面墙壁和下游方向连接五号房的墙壁的交接处，离门口最远。

我贴着角落靠墙坐，姐姐则坐在我身旁。我们把脚伸得直直的，姐姐的手臂碰到我的手臂，传递着她的体温。

"出去之后，你第一件事情想做什么？"

姐姐问我。

出去之后？我已经想过太多次了，有太多的答案。

"我不知道。"

我想见爸爸妈妈，我想深呼吸，我想吃巧克力……有无数件想做的事。要是这些真能实现，我一定会哭出来的。我跟姐姐说了之后，姐姐露出"我就知道"的表情。

我瞄了一眼姐姐的手表，确认时间。姐姐一直望着房里的灯泡，于是我也跟着她看。

被关进这个房间之前，我和姐姐成天吵架。我甚至想过为什么在我身边会存在着一个叫做姐姐的生物。每天我们都吵来吵去，如果只有一人份的点心，一定会抢着吃。

然而此刻，姐姐只是坐在我身边，就能带给我无比的勇气。她的手臂传来温暖的体温，宣告着这世界上不是只有我一个人。

姐姐当然和其他房间里的人完全不同。虽然我至今连想都没想过，但其实在我还是小婴儿的时候，姐姐就认识我了，那是非常特别的。

"我出生的时候，姐是怎么想的？"

听我这么问，姐姐一脸"怎么突然说这个"的表情看着我。

"我的第一个想法是：'这是什么啊？'第一次看到你的时候，你躺在床上，身体小小的，一直哭。说真的，我完全无法想象你跟我有什么关系。"

接着又是一阵沉默，并不是我们已经没有话说。在这盏灯泡的光线下淡淡浮现的水泥箱体之中，只有沟水悄悄地流动。我发现我和姐姐正在深刻地谈心。在死亡逐渐迫近的此刻，我的内心渐趋冷静，宛如平静无波的水面。

姐姐看了看手表。

"准备好了吗？"

姐姐做了一个深呼吸，这么问我。我点点头，绷紧全身的神经。快来了。

水沟里，唯有水在不停地流动。我竖起耳朵倾听是否还有水声以外的声音。

维持这个状态数分钟之后，远处传来熟悉的脚步声，微微震动着我的鼓膜。我摸了摸姐姐的手臂，抬起脸看着她，时间到了。我站了起来，姐姐也跟着起身。

脚步声逐渐接近这个房间。

姐姐的手温柔地放在我的头上,拇指轻轻地抚了抚我的额头。

那是安静的道别暗号。

姐姐作出的结论是:我们跟拿着电锯的男人再怎么对抗也毫无胜算。我们是孩子,对手是大人。很悲哀,却是事实。

门下的空隙中出现影子。

我的心脏快要裂开,仿佛体内所有的东西都要从喉咙深处逆流而出。我的心中尽是悲伤和恐惧,被关在这里的每一个日子在脑海中复苏,死去的人的脸孔和声音在脑海中浮现着。

铁门的另一侧传来拉开门闩的声音。

姐姐背靠着离铁门最远的角落,以单膝跪地的姿势作好准备,等着。她迅速地看了我一眼,死亡就要来临了。

铁门发出沉重的声响,打开了,一个男人站在那里。他走进房间。

但是我看不清楚他的长相,映入我眼中的只是一道模糊的黑影、一道掌管死亡并将死亡带给我们的黑色人影。

电锯发出声音。整个房间里充斥着仿佛撼动一切的强烈噪音。

房间角落里的姐姐张开双臂,绝不让男人看见她的身后。

"我不会让你碰我弟弟一根手指头!"

姐姐大叫着,然而那声音立刻就被电锯的声响盖过了。

我好害怕,想大叫出声。

男人看见了被挡在姐姐身后的我的衣服。他握紧电锯，往姐姐走近一步。

"不要过来！"

姐姐伸出双臂，拼命挡住身后大叫着。喊声被电锯声盖过，但她应该是这么叫的，因为我们事先决定好要这么说。

男人再次走近姐姐，转动的电锯刀刃碰到了姐姐伸出的双手。

当然，我并没有看得一清二楚。男人的模样、姐姐的手破碎的瞬间，我都只能隐约地看见一点影子，因为我只能透过浑浊的沟水看着房间里的情况。

我从藏身的水沟隧道里爬出来，冲向被凶手打开的铁门，逃了出去，关上铁门，拉上门闩。

隔着铁门，房间内的电锯声变小了。房间里只剩下姐姐和那个凶手。

当姐姐将手放在我的头上、拇指轻轻碰触我的额头的时候，就代表了我们别离的时刻。下一个瞬间，我迅速把脚伸进上游方向的隧道入口，整个人钻进去藏了起来，因为躲在上游这一侧比下游那一侧更靠近铁门。

这是姐姐想出来的赌法。

姐姐站在房间的角落里，把我的衣服藏在身后，像是护住我似的，以吸引凶手注意，而我则趁那时候从门口逃出去。就是这样的计划。

因此我的衣服必须弄得像是有人穿着，因此我向大家要来衣物塞进我的衣服。不知道这种骗小孩的把戏能不能瞒过凶手的眼睛，我其实很不安。但姐姐说，只需要骗过几秒钟，一定没问题的。姐姐的话给了我勇气。于是，姐姐装出要护着我的模样，用身体挡住身后那堆衣服的集合体。

姐姐站在离铁门最远的位置，作好所有准备，等待凶手上钩，也留心着不让凶手发现从水沟隧道里爬出来的我。

在凶手的电锯刀刃靠近姐姐的那一瞬间，我从水沟里爬出，站起身冲出门外……

拉上门闩的同时，我浑身颤抖。留下即将遇害的姐姐，只有我逃到了外面。姐姐为了让我逃走，没有选择从那把电锯下逃开，而是留在房间角落里继续着她的演出。

紧闭的铁门的另一侧，电锯声停止了。

有人从里面敲门。姐姐的手已经断了，一定是凶手在敲门。

我当然不开门。

铁门里面传来了姐姐的笑声。那高亢、尖锐的笑声，是对着被关在里面、想必困惑不已的凶手所发出的胜利的笑声。

但即便如此，恐怕姐姐最后还是会被害。只剩下他们两个人被关在里面，姐姐一定会被凶手折磨的。然而姐姐还是赢了凶手，让我逃了出来。

我看向左右，这里应该是地下室，没有窗户的走廊向前延伸着。每隔一段固定的距离，便有一盏照亮黑暗的灯和一扇拉上门闩的门，总共并排有七扇门。

我打开除了四号房以外的所有门。三号房虽然空无一人，但我还是打开了它。一想到那个房间里曾经有过的人，我就觉得非打开不可。

房间里的每个人看到我，只是默默地点了点头，没有一个人面露欢欣。我之前已经把这个计划告诉了大家。我成功逃出来，就表示此刻姐姐正遭遇不测。这是大家都知道的。

五号房的女孩抱着我哭了出来。接着，我们集合在那扇依旧紧闭的铁门前。

门内再度传来姐姐的笑声。

然后是电锯再度运转的声音。男人似乎打算锯开铁门，响起削切金属的声音。然而铁门纹丝不动。

没有人开口说要打开铁门救姐姐，因为姐姐事先已经通过我向大家说明，凶手一定会报复，所以姐姐要所有人出了房间之后立刻逃走。

于是，我们留下关着姐姐和恶魔的房间，转身离去。

走过地下走廊，我们看见了一道往上的楼梯。爬到楼梯顶就到了阳光灿烂的外部世界。我们终于逃离了那些昏暗、阴郁、被寂寞支配的房间。

我的眼泪掉个不停。我的脖子上系着十字架项链，手拿那本写有向父母道歉的文章的记事本，手腕上戴着姐姐的遗物——那块手表。因为不是防水手表，所以在我躲进水里的时候坏掉了、停止了，指针恰好指向傍晚六点。

远离的夫妇[①]

SO（significant other）

1. [社]重要的他人（父母、同伴等）
2. [美缩略语]配偶、恋人（缩写：SO）

far

[距离]前往、至远方；（远）离

摘自小学馆《高级英和中辞典》（第3版）

---

① 本篇原名为"SO-far"。

1

如今我多少长大了一点。就读小学的我快上初中了,因此现在能够以和过去不同的角度看待当时那些不可思议的状况。再怎么说,那时候的我只是个读幼儿园的小孩,所有事情都令我感到不安与孤独。我眼中的所有人都比我高大,和他们说话时,我得仰起头。而且只要大人两手叉腰、一脸愕然地望着我,我就不禁担心自己是不是做错了什么,所以我从不曾向大人完整地解释过自己的想法。

以前,我总觉得床底光线照不到的角落里住着东西;也相信竖立的铅笔不必用手去触碰,只要用意念叫它"倒下吧"就真的会倒。虽然以结论来说,这些事几乎都是荒谬无稽的,但并不表示完全不会发生。我很喜欢科学,然而世界上的确存在着科学无法解释的事。

那是我读幼儿园时发生的事情。虽然细节的部分,记忆已经不大鲜明了,但由于后来我曾无数次地重新回想整件事,也曾被人多次问起,所以仍意外地清楚记得。

我们家是爸爸、妈妈和我的三口之家。记得我们家位于小丘上的公寓的二楼,从窗户可以俯瞰镇上。电车在成排的高级公寓间穿行,我很喜欢眺望那样的景色。

我们家有客厅、厨房和两间卧室,柱子上贴了一张我画的爸爸,旁边挂着我的幼儿园帽子和爸爸的公事包。

我很喜欢爸爸妈妈。虽然我只会玩抽乌龟[①],我们却经常一家三口一起玩扑克牌,甚至会在家里玩捉迷藏。在厨房用餐过后,我们总会坐在客厅的沙发上聊天。

我觉得客厅的那张灰色沙发大概是我们家最重要的一样家具了,我们总是在那张沙发上看电视、看书甚至打瞌睡。在我们家,所谓的一家团圆,指的就是那张充满弹性的柔软沙发。先有沙发,然后才有矮桌和电视的加入。

我总是坐在沙发的正中央。

妈妈的固定位置在我的左手边,这一侧比较靠近厨房。如果我或爸爸向妈妈讨饮料喝,她只要起个身,一阵趿着拖鞋的"啪嗒啪嗒"声响过后,马上就能端着果汁和啤酒回来给我们。

爸爸则坐在我的右手边,那是看电视的最佳角度,又恰好在冷气的正下方,对于怕热的爸爸来说是再好不过的位置。

我总是坐在沙发上,一边晃着脚,一边告诉爸爸妈妈我在幼

---

① 扑克牌游戏的一种,又名潜乌龟、抓鬼、抽鬼。没有赌博性质。

儿园发生的事。这个位置正好能让坐在我两旁满面笑容的他们望着我，听我说话。

刚开始，我完全不知道事情是在什么时候发生的。等我察觉到时，已经变成那种状况了。

当时，我和爸爸坐在客厅的沙发上。不知为何，爸爸一脸阴郁地看着电视，弓着背，手撑着下巴。

电视里正在播有关灵异现象的节目。我也知道那是恐怖节目，却不知怎的总会看下去。那天播出的内容是一个不知道自己发生车祸的人成了幽灵还回家去的故事。

妈妈推门进入客厅，和爸爸一样地一脸不开心。

"咦？怎么一个人看电视？"妈妈对我说。

她的口气很平常，我差点儿没听清楚。妈妈刚才的确说了"一个人"。

我觉得很奇怪，望向坐在我身边的爸爸。我很担心爸爸会因为妈妈无视他的存在而动怒。然而，爸爸似乎连妈妈走进客厅都没察觉。

"哎呀，你干吗盯着空无一物的地方看？到底怎么了？"

妈妈认真地以一脸不可思议的表情看着我，我开始觉得不安。

妈妈在问我话，爸爸却静静地从沙发上起身离开了客厅，完全没有回头看我或妈妈一眼。我觉得很困惑，哪里奇怪？但我不知道原因出在哪里。我脸上的表情一定是快哭出来了,妈妈拿出扑克牌微笑着对我说:"来玩抽乌龟吧。"我一时之间觉得很慌乱,但见妈妈一脸笑眯眯的,也就安心了下来。

我和妈妈玩了一会儿抽乌龟,爸爸回到了客厅。

"怎么一个人在玩扑克牌啊……"爸爸对我招招手说,"今天去外面吃吧?"

我跳下沙发,跑去爸爸身边。回头一看,妈妈手上仍抓着扑克牌,露出"你要去哪里?"的表情望着我。

我以为妈妈也会一道出去吃饭,但并非如此。我一踏出客厅,爸爸便关了灯,"砰"的一声关上客厅的门。明明妈妈还在里面!

我和爸爸两个人在家庭餐厅①用餐的时候,我一直挂念独自留在客厅里的妈妈。

"接下来的日子可难过了啊……"

爸爸这么自言自语着。

第二天的晚餐也很不可思议。妈妈只准备了她自己和我的饭菜,厨房餐桌上也只摆了两个人的碗筷。

另一边的爸爸就像压根看不见妈妈准备的饭菜似的,从便利店买了两个便当回来。爸爸将塑料袋里的东西拿出来摆在客厅的矮桌

---

① 家庭餐厅(Family Restaurant)提供从寿司等日式简餐到汉堡、意大利面等西式简餐,平价、大众化,气氛温馨,顾名思义适合全家聚餐。

上，其中就有我的便当。

我在厨房里试着问妈妈：

"为什么没有爸爸的那份呢？"

"咦？"

妈妈倒抽了一口气看着我。因为妈妈的反应太过震惊，我不禁害怕自己是不是说了不该说的事，犹豫着是不是要问第二遍。

"喂，你在做什么啊？你要挑哪一个？"

客厅里传来爸爸的声音。爸爸唤我和唤妈妈时在音调上有微妙的差异，我一听就知道爸爸是在对我说话。

我离开厨房进入客厅，爸爸正松开领带。

"为什么没有妈妈的便当？"

听我这么问，爸爸停了手，目不转睛地盯着我。我果然不应该问。

为了不让他们俩都不高兴，我反复地往来于客厅和厨房。先吃一点妈妈的菜，然后去客厅吃便当，再回厨房。

虽然两边的饭菜各剩下一半，我却没有挨骂。吃完饭，我像平时一样坐在沙发正中央，妈妈坐在我的左手边，爸爸坐在我的右手边，两个人都静静地看着电视。新闻正在报道几天前发生的列车事故。

往常，这应该是我们一家三口聊着天、让我开怀大笑的时间，但是那一天，坐在我身旁的两个人都始终沉默着。发生了什么恐怖的事让我们俩产生了诡异的分歧？正当我思考着究竟是什么事的时候，妈妈以非常严肃的神情转头看着我说：

"孩子，虽然爸爸去世了，我们俩也要一起努力活下去。"

我不是很明白妈妈的意思。然而妈妈的口气实在太过认真，我忍不住害怕起来。我露出迷惘的表情，妈妈便微笑着摸摸我的头说："没问题的，不用担心。"

接着，爸爸转过头，仿佛妈妈根本不存在，直直地盯着我的双眼。

"我们要连妈妈的那份也一起努力活下去……"

直到这一刻，我才发现，原来他们看不见彼此。爸爸看不见妈妈，妈妈看不见爸爸。在他们俩的眼中，沙发上，我的另一侧并没有任何人。

我从他们俩的话语里理解了，他们其中之一死掉了。爸爸深信妈妈已经死了，误以为只剩他和我两个人过日子；相对地，妈妈则认为爸爸死了。

难怪他们彼此无法看见对方，也听不到对方说话。能同时看见他们双方的人，只有我。

2

那个时候，我还不太会说话，一直无法准确地将我的所思所想传达给父母。我跟爸爸妈妈说，我能看见他们俩，但刚开始，两个人都不大理睬我。

"妈妈，爸爸在那个房间里。"

我扯着妈妈的围裙说，妈妈正在厨房里洗碗。而客厅那边，爸爸正在沙发上看报纸。

"好，好……"

妈妈一开始只是轻轻点头附和几声。我不断重复了好几遍，于是妈妈蹲下来，面对面平视着我的眼睛说：

"我知道你心里很难受……"

听妈妈的语气，她是在担心我。这么一来，我反而觉得是自己的脑子不对劲。我想，这个问题是不能触碰的。

即便如此，我还是好几次试着告诉双方这种诡异的状况。

一天晚上，我们仨坐在沙发上。所谓"仨"是从我的立场看到的，爸爸妈妈好像各自认为只有我们俩坐在沙发上。

"妈妈现在穿着蓝色毛衣。"

我试着对坐在右手边的爸爸这么说。坐在我两边的两个人都目不转睛地盯着我。

"你在讲什么吓人的事？"

爸爸皱起了眉头。因为爸爸看不见妈妈，他的脸上露出莫名其妙的表情。

"是呀，我是穿着蓝色毛衣，怎么了？"

妈妈也是一脸不可思议地看着我。

"我可以看见你们两个人。爸爸也在,妈妈也在,大家都在这个房间里。"

我这么一说,两边都投来了迷惑不解的眼神。

由于这种事情发生了很多次,原本不当一回事的两个人,慢慢地开始听进我说的话。

那是妈妈打不开零食袋,找剪刀时发生的事。

"爸爸把剪刀放在哪里了?拜托你即使要消失也先把东西放在明显一点的地方嘛。"

妈妈一边嘟囔着抱怨,一边在客厅里翻找放了铅笔、胶带等各种文具的柜子。爸爸正在客厅沙发上跷着脚,但他似乎看不见同样待在客厅里的妈妈。于是我问爸爸剪刀放在哪里。

"记得是在厨房柜子的抽屉里。"

爸爸这么回答我。我将爸爸的话转告给客厅里的妈妈。

剪刀的确在那里。这种事情经常发生之后,爸爸和妈妈渐渐开始相信我说的话。

"我可以看见爸爸,也能听到他的声音。"

虽然一脸困惑,妈妈还是点了点头。

"妈妈也在这里。所以,不是只剩下我和爸爸两个人。爸爸,你如果有话想跟妈妈说,我可以帮你转告。"

听我这么说,爸爸欣慰地点了点头,一边说"是啊,真的是这样呢",一边摸着我的头。

从那天起，我开始负责转达两个人的对话，这份差事出乎意料地令人愉快。

我们仨并排坐在沙发上看同一个电视节目。

"我想看旅游节目。"

妈妈这么说，我立刻转告爸爸：

"妈妈说她要看别的台，想看旅游节目。"

"跟妈妈说晚一点，先把这出警察连续剧看完吧。"

爸爸说着，视线一直没离开电视画面。

"爸爸说他不想转台。"

我转述完，妈妈只是长叹了一声，起身进厨房去了。

我窃笑起来，因为很久以前他们俩每天就是像这样的，实在太有趣了。虽然现在爸爸妈妈必须通过我才能交谈，但那不是问题，我重新感受到我们的确是三人一体的家庭。在那段日子里，家里变得好温暖，气氛非常愉快。

当时我经常思考爸爸妈妈各自所处的世界是什么情况。根据双方所言，他们似乎被卷入了一场列车事故，不，说得精准一点，应该说他们确实被卷入了那场意外，而且死了。

听说他们因为某件事必须送东西给某位伯父，所以某天早上，他俩以猜拳决定，输的人必须搭电车到伯父家去。

故事的走向在猜拳之后出现了分歧。在妈妈的世界里，是爸爸猜拳输了，去搭电车；然而在爸爸的世界里，却是妈妈去了伯父家。

电车出了意外。于是，在妈妈的世界里，爸爸死了；在爸爸的世界里，妈妈死了。看样子，被留下来的那个人深信，只剩下自己和我相依为命。

然而，活下来的爸爸妈妈的个人世界就像两张半透明的照片重叠着，以我为接点而联通。我可以同时看见他们俩的世界，这令我感到些许自豪——自己宛如被提拔上来担任爸爸妈妈之间的联系人这一重要角色。

比如爸爸开门走进来时，如果妈妈只是看不见爸爸的身影，那么她应该至少能看见门自动打开、关上。但实际上，妈妈连门的动静都没留意到，总是等我提醒她，她才察觉："对哦，一不留神还真是这样呢。"

换成妈妈在厨房洗碗时，爸爸也不会留意。爸爸似乎不大计较某些在自己的世界里无法解释的小事。

三餐照旧是两个人各自解决，妈妈下厨做饭，爸爸则吃买回来的便当。

"爸爸，你看不见这盘咖喱饭吗？"

我将妈妈做的咖喱饭推到爸爸面前试探，但爸爸似乎什么都看不见，只是露出疑惑的眼神看着我，说：

"我今天在公司接到了奇怪的电话……"

爸爸面朝屋内空无一人之处跟妈妈说话。即使妈妈就站在爸爸的背后，因为无法看见妈妈，爸爸也习以为常地随便朝某个方向开口了。但妈妈又听不见爸爸说话，便由我负责转达爸爸说了什么。"这样真的好奇怪。"我对两个人说道。

然而一想到他俩之中的一位其实已经过世，我不禁悲从中来。爸爸所处的世界与妈妈所处的世界交接之处，唯有我独自飘浮着。

起初他们都不对彼此说话时，我非常不安，不知该如何是好。现在已经没问题了。只要夹在爸爸妈妈之间，坐在沙发上，我就安心，甚至想打瞌睡。

但我幼小的心灵很清楚，这一切不可能持续下去，我迟早必须选择其中一个世界。这件事一直藏在我心中的某个角落里。

3

仿佛打从一开始便是如此，我不知道是何时变成这种状况的，察觉到的时候，爸爸妈妈已经在吵架了，不过当然不是我在幼儿园里常看到的两人扭打成一团的那种吵架。

用过晚饭，我们仨坐在沙发上，我一边看电视一边下意识地重复他俩的话。这样传话已经持续了好一段日子，所以我已经可以不假思索、像鹦鹉一样单纯地重复双方的话语。

电视里正在播我很喜欢的动画片，我看得入了迷，趴在沙发上，双手撑住下巴——虽然被妈妈骂过没规矩，但我很喜欢这个姿势。

突然,爸爸将报纸扔到桌上,两个人说话的语调听起来很吓人。我这才惊觉爸爸妈妈的心情不知何时变得很差,彼此说着刺伤对方的话,而我浑然不觉,一如往常地传了话。

妈妈起身走回卧室。

"妈妈回房间去了。"

"不用管她。"

爸爸简短地吐出这句话。我非常不安,把动画片忘得一干二净。我希望他们能和好。如果我坐在沙发上,两边却没有他们,那一点都不快乐。

"喂,"过了一会儿,爸爸突然叫我,"你去跟妈妈说。"

"说什么?"

"你去跟她说:'你死了,真是太好了!'"

爸爸脸上的表情很恐怖。我一点都不想跟妈妈这么说,但不说的话一定会挨骂,于是我走向妈妈的房间。

卧室里,妈妈躺在棉被上,似乎在想事情。听到我推门,她坐起了身。

"爸爸说……妈妈死了……真是太好了……爸爸叫我这样跟妈妈说……"

我一边转述,一边忍耐着不让眼泪掉下来。妈妈沉默了,她好像在啜泣,又擦了擦眼泪。我从未见过大人哭,忍不住害怕起来,只能呆立着，不知如何是好。

"那你去跟爸爸这么说……"

这次换成妈妈交代我一些不堪入耳的话，要我传给爸爸。因为有几个词我听不懂，妈妈还要我当场练习了好几次。我虽然是小孩，也隐约知道那是十分伤人的话。

"我讨厌这样，我不去。"

我搂着妈妈这么说，但是没用。

"你乖乖地去告诉爸爸这些话！听懂了吗？"

接下来，我像邮差一样，不断往返于妈妈所在的卧室和爸爸所在的客厅，被硬逼着反复练习说一些难听的话，然后传话给对方。

每次传话的时候，爸爸妈妈都会狠狠地瞪着我，好像他们憎恨的对方存在于我身体里似的；怒吼也是直接冲着我来。我不禁觉得被骂的人是我自己。

一开始转达这些不堪入耳的话语时，我觉得好像必须从喉咙深处掏出巨大的硬块似的。然而一再重复这样的行为，我的脑袋开始隐隐作痛，渐渐地什么都感觉不到了。我好像听不见任何声音，却能毫无差错地完成邮差的任务。现在想想真是不可思议。

我的嘴成了自动录音、播放的录放机，但眼泪无法控制地流个不停。我喜欢爸爸，也喜欢妈妈，我真的不想说这些残忍的话。

吵架持续了大约一小时。

我很希望我们仨再一起坐在沙发上,但不敢说出口,只好自己坐在沙发上很害怕地等待着。爸爸决定洗把脸冷静一下,便走出客厅到浴室去了。吵到后来,爸爸似乎镇定下来了,神情看上去有点茫然。

这时,妈妈走进客厅。我很担心,两个人如果又开始吵架,我该怎么办?只好死命地盯着妈妈。妈妈有点不知所措地在我身旁坐下,沙发因为她的体重而凹陷了一些,我的身体突地往她那边倾斜。

"刚刚真的很对不起……"

妈妈说完,摸了摸我的头。接着,我便一直盯着爸爸应该会走进来的那扇门。我想监视爸爸回客厅的时间,想等他一进来就立刻告诉妈妈。然而爸爸迟迟没进来。

妈妈起身走向厨房。我的视线刚刚追上妈妈的背影的一瞬间,身边传来了翻杂志的声音。

爸爸不知何时已经坐在我的右手边。我明明一直监视着客厅的门,却没察觉到他进来了。爸爸正抽着烟。我很讨厌二手烟,只要闻到就会很不舒服。然而直到发现爸爸在我身边的那一刻,我都完全没意识到烟臭,很平常地呼吸着空气。

我一脸不可思议地望着爸爸,只见他皱起了眉头,说:

"我刚刚叫了你好几次,你都不看我一眼。"

他这么说着,跟妈妈刚才一样摸了摸我的头。那只手非常温暖,是确实存在的。真是不可思议,为什么我刚才完全没注意到爸爸就坐在我身边?

我一边思索,一边等妈妈回客厅,却一直不见她从厨房里走出来。客厅里只有我和爸爸,电视里正播着歌唱节目。

"你帮我问一下妈妈,她明天有什么事要忙,好吗?"

刚吵完架,爸爸的话里有一种试探的意味。我站起身,走向妈妈刚才走进去的厨房。

我打开厨房的门,找寻妈妈的身影,只见水龙头的水在滴答,厨房里空无一人。要离开厨房,必须经过客厅。妈妈居然不在厨房,实在太奇怪了。

我满腹疑问地走回客厅,妈妈却已经坐在沙发上。不明白我是怎么跟妈妈擦身而过的。刚刚明明没人的位置上,妈妈却像早就待在那里似的喝着咖啡。

而刚刚爸爸应该在的位置,现在却空空荡荡的。烟灰缸、没抽完的香烟和满客厅的烟雾通通不见了。

我甚至忘了开口问,只是怔怔地看着妈妈。

"什么事?怎么了?"

妈妈歪着头问我。看来她早就从厨房回到客厅坐着了。

这时,我终于了解,妈妈一直坐在那里。不,不只是妈妈,他们俩一直都坐在我的两边。而我,在同一时间只能看到他们其中的一个了。

于是我试着走出客厅,再走进客厅,妈妈刚才坐着的位置上空无一人,沙发也没有凹陷的迹象,取而代之的是爸爸在另一个地方出现了。至此,我几乎可以确定我的结论了。

我坐回沙发上,试着闭上双眼。我右手边的香烟消失,左手边出现了咖啡杯。

我无法同时听见两个人的声音了。我知道,爸爸所处的世界和妈妈所处的世界开始分离。

只要一方在场,另一方就彻底消失。无论是门被对方打开、关上或是对方经过眼前,都不会再发生了。

我不再处于他俩的世界的交接处,只是在渐行渐远的两个世界之间来来去去。

我很伤心,那天晚上几乎没和他俩说话。我们仨再也不会同时坐在那张沙发上了。

一时之间,我没办法把这件事说出口。妈妈很担心沉默不语的我。她摸着我的头的时候,我一直在思考那终将到来的分离。我必须在两边选择一个世界不可了。

4

第二天,我记得很清楚,那天是星期六。外头的天空阴沉沉的,雨似乎随时会落下来。

妈妈不知道出门上哪儿去了,只见爸爸坐在沙发上看报纸。但我不确定妈妈是不是真的不在家，便试着在家中寻找妈妈的踪影，因为如果她和爸爸待在同一个房间里，我是无法同时看见他俩的。说不定其实妈妈就在旁边。

我在客厅以外的房间找了好一会儿，看样子妈妈真的不在家，于是我走到爸爸身边坐下。

我想了很久，不知道该怎么开口。虽然电视里正在播我很喜欢的特摄①英雄节目，但心神不宁的我根本无心看电视。爸爸用血管突出的右手很快地捋了捋下巴的胡须，翻开报纸。

"我不能同时看到你俩了……"

我终于小心翼翼地对爸爸说。爸爸把头转过来，看着我，皱起了眉头。

"你在说什么？"

"爸爸和妈妈在一起的时候，我只能看到你们其中一个……"

爸爸像在咀嚼我的话似的停下好一会儿，把报纸放到桌上。

"什么意思？"

爸爸看我的眼神仿佛我是个坏孩子，我大概惹他生气了，真想当场逃走。我心里乱成一团，暗自后悔，还是应该继续隐瞒下去才对。爸爸即使坐在沙发上，视线仍在我上方，所以当爸爸严厉地看

---

① 特摄，即特殊摄影，指特殊效果的摄影手法（SFX）或使用特效拍摄的电影。但在日本，特摄成了超现实或科幻题材类影片的代称，而非单指在片中使用特摄。

着我时，我总有一种想两手抱头、整个人蜷成一团的冲动。

"爸爸在，我就看不到妈妈了。"

我断断续续地反复说了好几次。爸爸好像总算弄懂了我的意思，突然脸色发青，抓住我的肩膀，像要质问似的瞪大了眼，正面盯着我。

"是……是真的……"

因为太害怕，我哭了。我想爸爸其实是喜欢妈妈的，他俩的分离世界只能靠我勉强地维系，所以我忍不住觉得如今无法同时看到两个人是我的责任。我很难过，如果我真是个好孩子，我们就可以一直过三人生活。

爸爸不断地严厉质问我，但我只顾哭，根本没办法回话。爸爸忍不住动怒，他放下摇晃着我肩膀的手，打了我一巴掌。我应声倒在地板上。我不停地向爸爸说"对不起，我真是个没用的孩子"，真想消失算了。我知道都是我的错，所以爸爸讨厌我了。

我一站起身便跑出客厅。爸爸只喊了我的名字，没有追上来。我鞋子也没穿就冲出了玄关。我走下公寓楼梯，踩着柏油路朝公园方向走去。我想我不能待在家里了，虽然我很喜欢很喜欢爸爸和那间有沙发的客厅，但脸颊的痛楚让我知道，我是个没人要的小孩。脚底好痛，但我忍耐着。

公园里没有人。我想是因为快下雨了，别的孩子一定不会在这个时候来公园玩。这一天，总是充满笑声的滑梯和秋千成了我专属的玩具，我却提不起半点兴致。独自待在空旷的公园里，只觉得寂寞。

我坐在沙堆里，在光脚上堆起小沙丘。我一直想着爸爸和妈妈，他们一定不喜欢像我这样的小孩。昨天晚上吵架也是我的错，要是我更乖一点，饭菜没弄到衣服上，乖乖收好玩具，他们就不会吵架了。

天很冷，我的眼泪流出来了。潮湿的黑色沙子黏在我的手上和脚上，摸起来粗刺刺的。这时，身后有人叫我的名字，妈妈一脸惊讶地看着我，她的手上提着购物袋。

"你是跟爸爸一起来的吗？"她微笑着环顾公园。

我摇摇头。妈妈走近我，似乎吓了一大跳，突地停下脚步。

"你的鞋子呢？而且你的脸颊怎么红红的……"

我用手遮住被打的脸颊。我不想被妈妈知道我惹爸爸生气了，怕妈妈也骂我。妈妈可能察觉到我的不安，将购物袋放到地上，静静地伸出手，紧紧地抱住我。

"怎么了？"

妈妈的声音好温柔，她身上的味道让我打心底放松下来。

"爸爸生我的气了。"

妈妈问我做了什么。我什么都没说，妈妈温柔地摸着我的头。不知不觉，我的眼泪流了出来，哭个不停。安静的公园里，妈妈一直安慰着我这个爱哭鬼。

"妈妈,你还记得很久以前你跟我说过的话吗?"

"什么?"

"你说,以后我们俩要一起努力活下去。"

"记得。"

妈妈显得有些困惑,但点了点头。不知何时,开始落下雾一般的雨,发丝都沾了湿气。妈妈拨开贴住我前额的头发。

"我决定在妈妈的世界里生活了。"我下定决心地说道。

妈妈一脸不可思议地看着我。

妈妈背我回家的一路上,我的啜泣始终停不下来。

从那天起,我就再也看不到爸爸了。

现在,即使已经上了初中,我仍清楚地记得当时发生的一切。我曾向许多人讲述过这不可思议的经历,也曾主动寻求能够解释这一切的说法。

我想起爸爸消失的第二天发生的事。记得那天,天空万里无云,树叶的影子一片片地映在地面上。我和妈妈手牵手外出,气氛很温暖,也很快乐。我抬头望向天空,闭上双眼。阳光透过眼帘,眼睑内侧红通通的。

我被带到一个有很多绘本和玩具的地方,那里也有和我差不多年龄的其他孩子,有的抱着玩偶玩,有的堆积木盖房子。玩了一会儿,我被牵着带进一个房间,房间里有一个男人,我和他面对面坐在椅子上。

男人问我关于爸爸的事。于是我告诉他，爸爸因为列车事故，已经死了。那人似乎很伤脑筋地抱起胳臂。接着，他堆起笑容问我："那么，小弟弟，在你身后的人是谁？"

我回头看身后，没有人，只有妈妈站在我身旁。我回答他，我身后没有人。

"他好像看不见爸爸了。"妈妈快哭出来似的，对男人说道，"他听得到我的声音，可是好像听不到爸爸的……即使爸爸牵他的手或摸他的头，他好像都没感觉。硬把他抱起来或拉他的手臂，他就一下子全身变得软绵绵的，像面无表情的人偶。"

"我了解。"男人和妈妈交谈了一阵了，点点头说道，"也就是说，你们夫妻吵了一架，之后就当对方死了一般地过日子。你们也这么告诉孩子，让他在这种状况中生活，结果慢慢地，他就变成这样了……"

男人又望向我身后，像在和某个人说话似的，不时点点头。我也跟着转过头去看，然而身后只是一片空旷。

长大后的今天，我已经能理解当时妈妈和医生的对话了，而我想知道我为什么会变成这样。"爸爸在这里啊，"妈妈说。我试着伸出手。"在哪里？"我问妈妈。"怎么不知道呢？你现在不是正拍着爸爸的身体吗？"妈妈慌得哭出来，接着便对着空中的某个点说话。

自从我变成这样，爸爸妈妈便不再吵架了。虽然我还是看不见

ZOO 109

爸爸,但妈妈哭泣的时候,我却能感受到安慰着她的爸爸的身影。他俩如今互相扶持着过日子。大家都说是因为爸爸妈妈当初的行为伤害到我幼小的心灵,才会变成这样。不过这和我自己在内心经过思考得出的答案有些不同。最近我开始认为,说不定是我自己希望变成这样。原因当然是:为了不让爸爸妈妈分开。

向阳之诗

1

睁开双眼，我正躺在一张台子上。我直起上半身环视四周，这是一个凌乱的大房间，一个男人坐在不远处的椅子上，像在思考什么似的沉默不语。然而一看到我，他的脸上立刻浮现笑容。

"早安……"他说。

他仍坐在椅子上，一身白衣。

"你是谁？"

我一问，他便起身，从靠墙的储物柜里拿出衣服和鞋子。

"我是制造你的人。"

他边说边走近我。天花板上的白色灯光照着我们俩。我近距离看他，他有着白皙的皮肤，一头黑发。他将衣服放在我膝上，要我穿上，那是和他身上一样的整套白衣。我身上什么都没穿。

"恭喜诞生。"他说。

房间里到处散落着工具和材料，一本厚重的书落在他脚边，我认出那是某种设计书。

我穿好衣服，跟着他走。我们走过一条并排有好几扇房门和卷帘门的长长走廊，来到一道通往上方的楼梯。走上楼梯，尽头处是一扇门。他打开门,我的眼睛一下子接触到外头的强光,眼前立刻变得一片白茫茫。是阳光。于是我知道了,我醒来的房间位于地下。第一次暴露在阳光下,我身体表面的温度微微上升了一点。

走出门外,是一座青草如茵的小丘,草坡上视野辽阔,绿色的缓坡往远方延展。通往地下的门位于坡顶一带,其实只是一座和我差不多高的水泥长方体,向着阳光装了一扇门而已。长方体的顶部没有屋顶之类的设计,只是一方水泥平面,但长着茂盛的青草,鸟儿在上头筑巢。就在我的眼前,一只小鸟从天而降,落入巢里。

为了把握周围的地形,我开始四下打量。小丘的外围,群山环绕。这座小丘的形状与大小,相当于将直径一公里的球体的三分之一平切下来的部分;但外围的群山长满了树木,不见一处和这座小丘一样长满了青草。从小丘与周围地形地貌的不协调来看,我推测这座小丘应该是人工的。

"我们的家就在那片森林里。"他指着小丘下方说道。

我顺着那方向往下看。从绿色小丘的边缘往山顶方向突兀地长满了茂密的林木,林中露出了尖尖的屋顶。

"你将在那里照顾我的起居。"

于是我们一道走向林中的屋子。

靠近森林的地方竖立着由白色木头组成的十字形柱子,我一看就知道那是名为十字架的东西。小丘地势平缓,几乎没有起伏,唯有那附近的地面隆起了一块。

"这是坟墓……"

他盯着白色十字架看了好一会儿,又催促我和他继续往前走。

近看那栋屋子,我发现它很大,也很古老。屋顶和墙壁上爬满了植物,小小的绿色叶子覆在砖墙表面,整栋屋子几乎与森林融为一体。屋子正面是一片开阔的空地,有田地和水井,一台生锈的卡车被弃置在一旁。

屋子的大门是木制的,门上的白漆剥落大半。我跟在他身后走进屋,每走一步,地板便发出声响。

这栋屋子有一楼和二楼,还有一间小阁楼。他让我住在一楼厨房旁的房间里,那是一间只有窗户和床的狭小房间。

他在厨房里招手,叫我过去。

"我想先请你泡杯咖啡……"

"我知道咖啡是什么,但不知道做法。"

"嗯,说的也是。"

他从橱中取出咖啡,烧了开水,在我面前泡了两杯热气腾腾的咖啡,将其中一杯递给我。

"我记住做法了。以后由我来泡咖啡。"

我一边说,一边将杯中的黑色液体送到嘴边。我的嘴唇贴上杯缘,滚烫的液体流入口中。

"我不喜欢这个味道。"

我这样报告,他便点头说道:

"我的确是这么设定的。你加一点砂糖再喝。"

我喝下增加了甜度的咖啡。这是我睁开眼醒来后流入体内的第一份营养。我肚子里的各个机关正常地进行着吸收的操作。

他将杯子放在桌上,很疲倦似的坐在椅子上。厨房的窗户上垂吊着一个金属制挂饰,长度不一的金属棒被风一吹,便互相碰撞,发出各种声音。那声音并无旋律,他却闭上双眼倾听着。

墙上有一面小小的镜子,我站到镜子前端详自己的脸。我原本就知道人类的外表是什么样子,所以我知道镜子里映出的我的外表准确无误地呈现了人类女性的模样:白皙的皮肤隐隐透出青色的微细血管,然而那不过是被印制在皮肤内侧罢了;肌肤上的寒毛也是植上去的;一些细小的凹凸或红斑都是装饰;我的体温和其他各个部位也全是模仿人类而制作的。

我看到餐具柜里有一张老旧的照片,是以这栋屋子为背景的两人合照,那是他和一名白发的男性。我回过头问他:

"除了你,其他人在哪里?"

他仍坐在椅子上。从这个角度,我只看得见他的背影。他没回头,答道:"都不在了。"

"都不在了,是什么意思?"

他说,几乎所有的人类都死了。由于病菌突然覆满天空,受到感染的人无一幸免地都在两个月内死去。他在感染前与伯父一道搬进这栋屋子,但伯父很快去世了,之后他便独自在此生活。他口中的伯父也死于病菌感染，尸体是他掩埋的，就埋在刚刚经过的小丘边上。这么说来，那座白色十字架下应该就是他伯父的坟墓。

"我前天做检查，发现受到了感染。"

"那你也会死？"

我望着他的背影，只见他的后脑勺点了点。

"不过我算运气好，几十年来，病菌都不曾近身。"

我问他的年纪，他说年近五十。

"看不出来。在我的智库里比对，你只有二十岁左右。"

"因为我在你的智库里动了点手脚。"

据他说，人类通过一些手术，能够活到一百二十岁。

"但还是不敌病菌。"

我一一确认厨房里的各样物品。冰箱里有蔬菜、调味料和一些解冻即食的食物。电热炉上放着没洗的平底锅。按下开关，电热炉的线圈便慢慢变热。

"请帮我取名字。"我提议。

他把手肘撑在桌上，望着窗外好一会儿。庭院的大草地上，蝴蝶在飞舞。

"没那必要吧。"

户外的风穿过窗户吹进来，垂吊的金属挂饰摇晃，发出清脆的声音。

"等我死了,希望你把我埋葬在小丘上。我希望你在那个十字架旁挖个坑,把我埋进去,用泥土填满。我是为此才制造你的。"

他凝视着我说道。

"我知道了。我被制造出来,就是处理这个家的家务事、埋葬你,对吧?"

他点头。

"那是你存在的理由。"

我先从打扫屋子开始。我用扫把扫地,用布擦窗户。在我工作的这段时间里,他一直坐在窗边的椅子上眺望窗外。

那是我将屋内的灰尘倒出窗外时发生的事。我发现窗户正下方躺了一只鸟,因为它对声音没反应,我推测它已经死了。我走到屋外,单手抓起那只鸟,手掌感受到的冰冷印证了我的推测:小鸟果然已经死了。

他不知何时站到了窗边,直盯着屋外的我手中的鸟尸。

"你要怎么处理?"他问我。

于是我将鸟尸抛向森林。虽然我的肌肉力量和成年女性没有两样,但我可以把物体丢得更远。鸟尸钩住了树枝,树叶四散,终于掉落在森林深处。

"你这么做的目的是……"

他歪着头问我。

"因为尸体分解之后能成为肥料。"

听到我的回答，他用力地点了下头。

"为了你能正确地埋葬我，我希望你能认识死。"

听他言下之意，我似乎还不认识所谓的死。我很不解。

2

我和他在一起的生活就此开始了。

每天早上一起床，我便提着厨房的水桶去水井提水。这里吃饭、洗衣用的都是井水，我和他居住的这栋屋子的地下室里设有小型发电机，所以电力不虞匮乏，却没有汲水的泵式设备。

水井位于庭院一隅，从屋子后门出去，有一条弯弯曲曲的石板小径通往水井。每天早上，我总是无视那条曲径，径自以最短的直线走向水井。水井四周长出了小小的花草，我以最短直线走到水井边，势必会踩到盛开的花朵。

我将绑在水井上的水桶投进井中。水桶落到水面，井底深处便传来水声。我拉水桶上来的时候，没想到水是这么重的东西。

我总是趁提水的时候顺便刷牙。睡眠时，我的身体会抑制唾液分泌。醒来后，口中总是覆着一层让人不舒服的黏膜。我用牙刷去除这种不舒服的感觉。

牙刷之类的消耗品和食物全都放在地下仓库里，仓库就在我诞生的那个房间的隔壁。拉起走廊上的卷帘门，便出现一个巨大的空间，里头堆放着可维持数十年之久的食材。提完水，我便从仓库里取出适量的食物搬回厨房，然后用电热炉与平底锅烹饪这些食物和从庭院采摘的蔬菜。用餐时，我一定会泡好咖啡。在我准备早餐的时候，他便从位于二楼的房间下楼来，坐到餐桌旁。

"有没有过去的照片或影像留下来？"

一起吃早餐的时候，我问他。饭后我收拾好厨房，他拿了几张照片给我看。那是一些已经退色的旧照片，上面是众人聚居的城市风景，高楼大厦之间，人和车往来穿梭。

我在其中一张照片里发现了他，背景似乎是某样设施。我问他这是哪里，他告诉我是他以前工作的地方。

另外一张照片中是一名女性，和我有一样的脸和发型。

"你这种长相是很普遍的。"他说。

我们的家位于群山和小丘的交界，小丘的反方向有一条朝山脚延伸的道路，完全不见人迹，路面长满杂草。因为那条路一直延伸到我们的屋子前方，所以我知道这儿是路的终点。

"沿着这条路往山脚走去，会通往什么地方？"

某天用早餐的时候，我问他。

"一座废墟。"

他喝了一口咖啡，这样回答我。从庭院的树木之间可以清楚地看见山脚那边有一座城镇，但看来已经无人居住，只有倒塌的建筑物和覆盖其上的植物。

另一天吃早餐的时候，他叉起沙拉里的一片蔬菜要我看，菜叶上有某种生物咬过的小小齿痕。那蔬菜是我在庭院里采摘的。

"有兔子出没。"他说。

我和他毫不介意,把兔子咬过的部分一并吃掉了。不过如果可能,我还是比较喜欢没有兔子齿痕的菜叶。

用完早餐,我一边思考,一边在屋子四周散步。我想象着他生命终止的样子。总有一天,我也会像他一样停止活动。像我这样的存在,一开始就被设定了活动期限。尽管此刻距离我停止活动的那一刻还很久,但我仍然能以秒为单位,倒数自己还能活动多久。我将手腕贴住耳朵,耳边传来微弱的马达声。这声音终有一天会停止。

我穿过那扇通往地下仓库的门,确认仓库里有铲子。他希望自己被埋葬在小丘上,于是我拿起铲子,练习掘坑。

死到底是什么?我还是一点头绪都没有。是这个原因吗?我虽然掘了很多的坑,心里却一直觉得:"那又如何?"

他在屋子的每扇窗前都摆了一把椅子。白天,他总是坐在其中一张椅子上。几乎全是木制的单人椅,唯有看得见水井的那扇窗前摆的是长椅。

我问他有没有什么希望我做的,他只是微笑说"没事"。有时我泡了咖啡拿过去给他,他会道声"谢谢",然后视线又移到窗外,那神情仿佛眼前非常耀眼。

有几次，我在屋里怎么都找不着他。最后才发现在小丘辽阔的绿茵上，在白色十字架的旁边，伫立着一身白色装束的他。

对坟墓，我有一定的了解，那是埋葬遗体的地方。但是我不懂他为何如此执着于那个场所，他的伯父在地下早就被分解、化成周围青草的养分了。

庭院菜园里种植的绿色蔬菜早在我被制造出来以前就已经存在了，应该是他栽种的吧？现在则交由我来管理。

偶尔，有兔子跑来偷吃。明明森林里还有其他植物，但兔子不知怎的就是爱来偷咬，在菜叶上留下一个个小小的齿痕。

我趁无所事事时躲在草丛里监视，只要发现白色的小身躯在蔬菜之间若隐若现，便冲出去打算抓住兔子。但我的身体机能被设定为成年女性，当然不可能追上。于是兔子像在嘲笑我似的，穿过菜园消失在茂密的树丛中。

我每次全神贯注地追兔子的时候，总会不小心绊倒。屋内窗边处传来窃笑声，回头一看，他正望着我发笑。我站起身子，拍掉白色衣服上的泥土。

"像这样过日子，你越来越像人类了。"

回到屋里，他还在笑。我无法理解他这种行径，但是被他嘲笑让我觉得有点慌，心头痒痒的。我的体温上升，手足无措，只好挠了挠头。原来如此，这似乎就是所谓"不好意思"的情绪，有点接近"难为情"。我不禁有点讨厌笑个不停的他了。

中饭时，我听见他敲了桌面两三下。正要喝汤的我抬起眼，只见他叉起沙拉中的蔬菜伸到我面前，那上头满是兔子的齿痕。

"我的沙拉和汤里的蔬菜都有兔子咬过的痕迹。为什么你盘里的食物却不会这样？"

"碰巧吧？概率的问题。"

我这么回他，便低头吃我那盘没有兔子齿痕的沙拉。

二楼有个空房间，那是一个没有书架、桌子和花瓶，非常煞风景的房间。房间里唯一称得上物品的东西就是摆在地板中央的塑料积木，是给小孩组装玩的小型积木。我不曾亲眼见过小孩，不过关于小孩的知识倒是有的。

我初次站在门口望向房里的时候，夕阳的光照进窗内，将整个房间染成一片通红，地上的积木则映出更深的红色。

这些积木组成了一艘帆船，尺寸之大，甚至能将它抱在怀里，但船体最前端崩掉了，积木散了一地。

"是我不小心踢坏的。"

他不知什么时候站到了我身后。我征得他的同意，进房玩这些积木。我先把帆船全部拆解，拆下的积木堆成了一座小山。我想，也来组装个什么东西吧？却办不到。我拿着小小的积木，迟迟无法开始，只觉得大脑突然迟钝了起来。

"创作东西，大概太难了吧……"

据他说，我只能做出有设计图或做法步骤已事先确定好的东西，但是音乐、绘画之类的，我便创作不出来。因此，面对散落一地的积木，我一步也无法开始。

我放弃积木，换他坐在积木堆成的小山前。一步一步地，他开始组装积木。

太阳下山了。一旦变暗，庭院里的照明装置便会自动亮起，白光照亮庭院的每个角落，也将光明从窗外送进了室内。

我打开房里的灯。他在组装的是一艘帆船。他从各个角度望着那艘重新被组装、能抱在怀里的红色帆船。要是我也能像他一样会玩积木就好了。

照亮水井的照明装置周围总有飞蛾飞舞着。我们睡前都直接站在水井边刷牙，每次刷牙的时候，地上都会忽隐忽现地掠过飞蛾的影子。漱过口，水便直接吐进排水沟，排水沟的水穿过茂密的树林之后，似乎会流入山脚的河川。

刷完牙，各自回房就寝前的那段时间，由于我们俩都很晚睡，通常会留在客厅里一起听唱片。轻柔的音乐声中，我们下着西洋棋，胜负几乎是各占一半，因为我的大脑被设定为与一般人类水平相同。

为了防止虫子飞进来，窗户上都安装了纱窗。每当夜晚的风吹进来，垂吊在厨房窗下的那个金属制挂饰便会发出声音，那是澄澈而美丽的音色。

"垂吊在窗下的挂饰发出的声音是风创作的音乐吧？我很喜欢那个声音。"我说了出口。

他正在思考下一步棋，听到我的话，眯细了眼点点头。

我突然惊觉一件事。刚来到这个家的时候，我只觉得那个声音是并无旋律的嘈杂声响。然而不知何时，我似乎理解了不止如此。我在这里已经生活了一个月，不知不觉，我的内心有了变化。

那天晚上，他回房后，我独自到外头散步。庭院里东一处西一处地亮着白光。金属灯柱的顶端是圆形灯泡，虫子一靠近光源，便被玻璃罩挡住。夜深，四下一片幽暗，但一站到灯柱旁，白光便从我头顶洒下。我站在光之中，思索着自己的变化。

不知从何时起，我前往水井的时候不再走最短直线了。我会慢慢地走在蜿蜒的石径上，小心不踩到路旁的花草。以前我认为那是浪费时间与精力，如今却觉得一边欣赏四周一边慢慢地走是一桩乐事。

我在地下醒来，初次走在外面时，只能以眼前的白茫茫和身体表面的温度去理解所谓的太阳。如今在我心中，太阳有了更深刻的意义，或许它已经成了只能以诗歌去表现、与心灵深处紧密相连的存在。

一切的一切，都令我爱怜不已。

墙上爬满植物的屋子与小丘上广阔的草原、孤零零立于丘顶的地下仓库大门与大门顶部的鸟巢、高高的蓝天与天空中的积雨云……虽然讨厌苦咖啡，但多加糖之后很喜欢。趁咖啡滚烫时喝下，在舌尖散开的甜味总令我开心不已。

准备三餐、打扫房间、把白色衣服洗干净。衣服若破了洞，便拿针线缝补。从窗外飞进来的蝴蝶落在唱盘上。我听着风创作的声响闭上眼睛。

我抬头看着夜空。在灯光的远端，月亮高悬。风摇动树木，树叶沙沙作响。包括他在内，我都喜欢得不得了。

从树丛的枝叶间，我望向位于远方城镇的废墟。那里没有一丝光线，有的只是无尽的黑暗。

"再过一个星期，我就要死了。"

第二天早上，他起床后这么对我说，想必是通过精密的检查知道了自己确切的死期。然而我仍不是很了解所谓的死究竟是什么，只好回答他："好的，我知道了。"

3

他的身体越来越虚弱，上下楼梯都很费时，所以改为使用位于一楼的床铺，而我一到夜晚睡觉时间便上楼睡在二楼的房间。

每次问他需不需要我扶他起床或搀他去窗边的椅子坐下，他都说不必，把我支开。我完全不用做任何像是照顾病患的事。他既不喊疼，也不发烧。据他说，这种病菌感染并不会令人感到痛苦，只是将"死"送至人类的身上。

为了尽可能避免让他起身走动，他在哪里，我们就在哪里用餐。他若坐在长椅上，我就用托盘把食物端过去，在他身边坐下；他若坐在单人椅上，我就盘腿坐在他脚边的地板上啃面包。

他聊起了伯父。他和伯父一起开着卡车在废墟中穿行，两个人把变成了废墟的城镇里还能用的东西运回这里。由于无法获得燃料，停放在庭院里的那辆卡车已经不能发动了。

"你曾经想过变成人类吗？"

往事才说到一半，他冷不防地问我。

我点点头回答："想过。"

"听着窗边的挂饰摇动时发出的声响，我会忍不住地想，如果自己是人类该有多好。"

连风都能吹动挂饰，创作音乐，我却无法创作出任何东西，这让我觉得很遗憾。我能在对话中使用有诗意的词或者编一些谎话，但我所能创作的东西仅止于此。

"这样啊……"

他点了点头，又回到伯父的话题。他回忆着关于他和伯父如何花了好几个星期在废墟城镇中探索的事。

我知道他深爱着伯父，所以希望自己能被埋葬在伯父身旁。我是为此而被制造出来的，为了凝视人类的死。

我盘腿坐在地板上吃着东西。突然，身旁落下一块吃到一半的面包，发出了轻微的碰撞声。是从他手中掉下来的。

他的右手微微痉挛着,即使用左手压着也无法止住颤抖。他冷静地看着自己颤抖的手,问我:

"你知道什么是死了吗?"

"仍不是很明白。那是什么样的东西?"

"是一种很恐怖的东西。"

我捡起面包放回托盘,考虑到卫生问题,决定不吃了。我仍不是很清楚死究竟是什么。我知道自己终究会死,却不觉得恐怖。停止运作很恐怖吗?我觉得在停止运作与感到恐怖之间似乎缺了一样什么东西,或许那就是我必须学习的课题吧?

我歪起头盯着他瞧。他的手还在颤抖,但他一点也不在意,径自望着窗外。我也跟着看向外头。

庭院里的阳光十分灿烂,我不禁眯起了双眼。绕屋的森林最外围有一条路朝山脚延伸,有一只报废的邮筒,生锈的卡车旁边是菜园,菜园中一列列的蔬菜上方有小蝴蝶在飞舞着。

一个白色的小东西在绿色菜叶下方的阴暗处若隐若现,是兔子。我站起身翻过窗户冲了出去。我知道这样很没教养,但这场你追我逃已经成了一看见兔子便不顾一切地开战的游戏。

离他的死期还有五日的那一天,天空很阴沉,我在森林里边散步边采摘野菜。虽然仓库里还有很多食材,但他总是说,做菜还是以自种的蔬菜和野菜为食材比较好。

他的手脚不时会痉挛，虽然静待一阵子便停止了，却会一再地发作。每次发作，他不是摔倒就是打翻咖啡弄脏衣服。即使如此，他也非常冷静地面对，毫无困惑之色，静静地望着自己不听使唤的身体。

在森林中走上一阵子，来到一道悬崖边。虽然他怕我万一掉下去很危险，总是耳提面命，叫我不要靠近悬崖，但悬崖附近长了很多野菜。再说，我也很喜欢从悬崖上望出去的景色。

离我站的地方不远处，地表突然被截断，再远处只见一片空空荡荡。我一边将摘下来的野菜放进单手提的篮子里，一边望着对面连绵的山脉。大半的山头融进漫天的灰云里，成了没入一片灰色之中的巨大影子。

我的视线停在悬崖的最前端。那儿像是有人刻意把地面踩塌似的，留下塌陷了一角的痕迹。

我探出头，窥视悬崖下的状况。下方约三十米远的地方横亘着一道细线，那是流过悬崖下方的河川。在我的正下方两米处有一块突出的岩石，大小接近一张餐桌，上头长着野草。

那块岩石上有一团白色的物体，是兔子。大概是踩空掉下去的，幸好掉在那块岩台上，被救回一命。但岩石上没有能够攀上来的借力点，看来它是被困在岩石上了。

远方天空中传来沉闷的雷声。有那么一瞬间，我的手臂感觉到了雨滴的触感。

我将装野菜的篮子放到地上,两手攀住悬崖前端,背朝外慢慢往下爬。我通过鞋底的触感摸索着岩壁的凹凸处,找寻脚尖可以着力的落脚点,一步一步往下爬,终于抵达那块岩石。

我站在兔子所在的这方岩石上,冷风拂乱了我的头发。虽然兔子一直给我带来许多麻烦,但看到它在这儿动弹不得,总觉得非得帮它一把不可。

我把手伸向兔子。刚开始,它稍微抗拒了一下。最后,这只有着白色毛皮的动物还是乖乖地让我抱住了它。我感受着手中那小小的温暖,简直像是抱住了一团温热。

雨开始倾盆而下,林间齐声传出雨点打在叶面上的声响。下一秒钟,我听见了什么东西崩塌的声音,身体感到一阵剧烈的震动。刚才我攀爬过的这片岩体突然高速往上抽离,而我似乎飘浮在空中。脚下的岩石正在坠落,刚才还放着野菜篮子的悬崖顶端瞬间变得又高、又远、又小。我将兔子紧紧地抱在怀里。

着地的瞬间,强烈的冲击贯穿了我的全身,身畔扬起的沙尘飞舞,但大雨旋即将沙尘扑落。我掉在流经悬崖下方的河川旁边。

我的身体损伤了大半,不过并没到致命的程度。我的一条腿摔得破破烂烂,从腹部到胸部有一道很大的裂痕,身体里面的东西都跑出来了,不过看来应该还可以自己走回家。

我看着怀里的兔子。白色毛皮上沾着红色的东西,我知道那是血。兔子的身躯逐渐变冷,仿佛我怀中的体温正一点一点地流失。

我就这样双手抱着兔子走回家。因为只能靠单脚跳着前行，我体内的东西飞了出来，一个接一个地掉到地上。滂沱大雨完全淹没了四周。

我踏进家门，寻找他的身影。身上滴落的水滴在地板上漫延开来，湿透的头发黏在皮开肉绽的地方。他正坐在看得见庭院的窗边，被我的模样吓了一大跳。

"请修好我……"

我告诉他自己弄成这副模样的原因。

"我知道了。我们先去地下仓库吧。"

我将怀里的兔子递到他面前。

"你可以救它吗？"

他摇了摇头。这只兔子已经死了，他说，兔子是无法承受从高处落下的撞击的，所以被抱在我怀里的它被摔死了。

我想起兔子近乎令人讨厌地在蔬菜间窜来窜去的活泼模样，再望着眼前这只白色毛皮染满了血、双眼闭成细线、一动也不动的兔子。你得赶快到地下仓库接受检查和治疗才行！远远传来他唤我的声音。

"唔……唔……"

我张口，想说些什么，却一个字都吐不出来，胸腔深处传来莫名的痛楚。我明明是感受不到痛楚的，但不知怎的，我知道那就是所谓的痛楚。我全身失去了力气，跪倒在地。

"我……"

我的身体也有了流泪的机能。

"我没想到自己原来如此喜欢这只兔子。"

他以望向可怜之物的眼神看着我。

"这就是死。"

他这么说着,将手放到我头上。我懂了。所谓死,就是一种失落感。

4

我和他往地下仓库走去。雨势非常大,视线前方几乎看不见任何东西。我仍抱住兔子单脚跳着前行。走出家门时,他要我把兔子留在家里就好,但我办不到。后来我在地下的工作台上接受紧急治疗的时候,兔子就躺在一旁的桌子上。

躺上工作台,眼前正对的是天花板的照明设备。在一个多月前,我也是像这样躺在这里。那时我睁开眼,他对我说了声"早安"。那是我最早的记忆。

白色光线之中,他检查着我的体内。他好几次很疲倦似的坐到椅子上休息。不暂歇一会儿的话,他大概没办法一直站着吧。

我仍躺在工作台上,转头看向桌上的兔子。再过几天,他也会像那只兔子一样一动也不动了。不,不光是他。鸟儿也是,我也是,死总有一天会来造访。这件事以前只是以知识的形式存在于我的脑中，从未像此刻一般伴随了恐惧。

我思考着自己死去时的状况。那不仅是停止活动而已，而是和这整个世界告别，也是和我自己告别。就算我再怎么喜欢某样事物，最终一定会走到这一步。所以，死是恐怖而悲哀的。

越是深爱着某样事物，死的意义便越沉重，失落感也越深刻。爱与死并不是两回事，它们是一体的两面。

他将我缺落的零件置入我的体内。我静静地哭了起来。等到终于修理到将近过半的进度，他的手停了下来，坐到椅子上休息。

"紧急处理方面，到明天才能完工。但要完全恢复到之前的状态，还需要三个工作日才行。"

他的体力消耗已经到了极限。他说紧急处理之后，后续修复得由我自己来完成了。我对自己体内的东西大致上都知道。虽然没有经验，但看着设计图的话，应该办得到。

"我知道了……"

我呜咽着继续说道：

"我恨你。"

为什么要把我制造出来？如果我不曾诞生到这个世界喜欢上任何事物，也就不会恐惧死所带来的别离了。

虽然我已经几乎泣不成声，但躺在工作台上，我还是挤出了这些话："我……很喜欢你，却必须埋葬你的遗体，这太痛苦了。如果非得这么痛苦，那我宁可不要心这种东西。我恨你。我恨你在制造我的时候，帮我装了心……"

他露出非常悲伤的神情。

全身捆着绷带的我抱着已经冰冷僵硬的兔子走出地下仓库。外头的雨已经停了。小丘上，整片草原笼罩在湿润的空气中。四周依然很暗，但天快亮了。抬头望向天空，云朵流动着。他跟在我身后，也走出了地下仓库的门。

做完紧急处理，我已经能正常走路了。但由于还没有完全修复，所以剧烈的运动是被禁止的。我暂时没打算着手自我修复。如果我在地下仓库做这样工作，就没人做饭给他吃了。

我们慢慢地往家的方向移动，中间几次停下来休息。东方的天空逐渐泛白。他在那座靠近森林处的十字架前停下脚步。

"还有四天。"

他凝视着十字架说道。

那天早上，我埋葬了兔子。在绿油油的庭院里，我将它埋在鸟儿们经常栖息的一角。待在那里应该就不寂寞了吧？我拿起铲子掘了一个坑。把泥土撒到兔子身上的时候，我的胸口简直像被压碎似的难受。想到也将对他做出相同的事，我真的受得了吗？我不禁丧失了自信。

那天早上过后，接下来的几天，他都躺在一楼的床上无法起身，直盯着床边的窗户往外看。我做好饭菜送去床边。我已经笑不出来了，光是待在他身边都让我觉得很痛苦。

我能理解他为何总是望向窗外，因为他和我一样很喜欢这个世界，所以要在死来临之前努力地凝视世界，好将这一切深深地烙印在眼底。我尽可能陪着这样的他度过余下的时间，感受着每过去一秒、死便接近他一步的现实。无论在家中哪个角落，我都感觉到死的存在。

自那个雨天以来，天空总是阴沉沉的，没有一丝风。厨房窗下的挂饰也一径地沉默。我没心情听唱片，家里静悄悄的，唯一的声音是我走动时地板发出的声响。

"那盏灯，寿命差不多了……"

某天晚上，他躺在床上望着窗外时这么说。照亮庭院的照明设备中，有一盏灯微弱地忽明忽灭。我心想，可能还能撑一阵子吧？灯却闪了闪，逐渐转暗。

"我应该明天正午就死了……"

他望着即将熄灭的灯，这么说道。

他入睡之后，我在二楼那个放了积木的房间里抱膝沉思。地板中央有一艘红色积木组装的帆船，那是他当着我的面组装出来的。我望着那艘船思索着。

我喜欢他，但另一方面仍心怀芥蒂。我恨他把我制造出来，诞生到这个世界上。那股情绪仿佛一道黑影，纠缠着我，挥之不去。

我同时怀着感谢和憎恨的复杂情绪照料他的起居，但不会在他面前表现出来。我端咖啡给卧床的他。若他接咖啡的手颤抖，我便直接送到他嘴边，喂他喝。

他无须知道我心里对他的芥蒂。明天正午，我只要告诉他，非常感谢他把我制造出来。这样就好。对他来说，这样一定才是最了无牵挂的死。

我把玩着积木组装的红色帆船，心想，我应该将憎恨藏在内心深处。但每当我想到这件事就觉得喘不过气，这样像是在对他说谎似的，我感到很害怕。

积木帆船被我抓住的部位突然散掉，掉落在地板上的船体应声分解，几乎全散架了。我一边收集散落一地的积木块，一边想着该怎么办。像我这种并非人类的存在是不会画画、雕刻也不会创作音乐的。他要是死了，这些积木就永远没有合体的一天了。

这时，我突然发现，有一样东西是我能够用积木"创作"出来的。我凭着记忆，开始组装帆船。我曾经亲眼看过一次他组装帆船的过程，记起了当时的情形。于是我一步步模仿他做过的每一个组装动作。如此一来，我也组装出了一艘帆船。

我一边组装积木一边擦拭眼泪。

该不会……该不会……我在心中反复地呐喊。

第二天一早，天气晴朗，无限延伸的蓝天不见一丝云朵。趁他还在睡，我到水井边刷牙漱口。打上来的井水倒进水桶时溅出了水花，水珠打在水井边的花草上，花朵顶部被水珠压得垂了下去。我望着滚落的露珠在空中反射着朝阳的光辉。

由于连续数日都是阴天，积攒了不少该洗的衣服。我将我俩这几天穿过的白色衣服洗干净，晾在庭院的晒衣竿上。但我每一举手投足，身上的绷带便有几处松脱移位，于是我就这么一边重新绑绷带一边晾衣服。

就在我晾完衣服的时候，突然发觉他在窗边望向外头。那儿不是他卧室的窗户，而是采光良好的走廊上的窗户。我吓了一跳，连忙跑去窗边。

"你可以起来了吗？"

他坐在窗边的长椅上。

"我想死在这张椅子上。"

想必他是用尽最后的力气才走来这儿的。

我走进屋里，坐到他身边。从这扇窗户可以清楚地眺望整个庭院。刚晾好的衣服洁白无瑕，风一吹，另一端的水井便在衣物的投影之间若隐若现。这是一个嗅不出死亡气息、非常舒服的早晨。

"你还剩多少时间？"

我仍望着窗外问他。他沉默了好一会儿。沉默过后，他精确到秒地回答了我的问题。

"那种病菌造成的死，会这么准时吗？"

"这个嘛,谁知道呢。"

他的回答听起来对这个问题不甚感兴趣。我克制住内心的紧张,试着继续问他:"你之所以不替我取名字,其实跟无法创作绘画或音乐一样,你也无法创作名字,对吧?"

他终于把视线从窗外转到我的脸上。

"我也是精确到秒地清楚自己的死期,因为像我这样的被造物的存活期是打从一开始就被设定好的。所以说,你也……"

事实是他根本没有被什么病菌感染!他是因为曾经见过人类用积木组装帆船,所以才组装得出来吧!在人类全部被毁灭的世界里,只剩他独自存活至今。他凝视着我好一阵子,之后低下头,白皙的脸庞蒙上了阴影。

"抱歉,我骗了你……"

我紧紧地抱住他,将耳朵贴上他的胸口。从他的胸腔传来微弱的马达声。

"你为什么要假扮人类呢?"

他沮丧地告诉我,他内心其实一直憧憬着伯父。伯父是他的制造者。我常想,如果我是人类,该有多好。他一定也是这样想的。

"而且我担心你可能会无法接受。"

他似乎考虑到,比起是被和自己相同的被造物制造出来,不如让我觉得自己是被人类制造出来的,这样我的心里会比较好受。

"你真傻。"

"我知道。"他说。

我的耳朵仍贴着他的胸口,他轻轻地将手放到我的头上。至少对我来说,他是不是人类无关紧要。我紧紧地抱着他。他所剩的时间正一分一秒地流逝。

"我想被埋在伯父旁边,所以需要有人把泥土盖到我身上。为了这么任性的原因,我制造了你。"

"你自己一个人在这个家里住了多久?"

"伯父去世之后,已经过了两百年。"

我理解他制造我的心情了。在死亡降临的瞬间,如果有人能握着自己的手,该有多好。我决定在死亡带走他之前紧紧地抱着他,这样,或许,他就能明白自己并不是孤独一人了。

我想,我自己在将死亡时可能也会做出同样的事吧!反正地下仓库里设计图、零件和工具样样不缺。虽然不到那时候不知道会怎样,但我的确可能会在耐不住寂寞时,为了相互依偎而制造出新的生命。正因为如此,我原谅他的行为。

我和他坐在长椅上,度过了宁静的早上。我一直将耳朵贴着他的胸口,他则不发一语,一径望着窗外迎风摇曳的晾晒衣物。

自从做了紧急治疗,我全身裹着绷带。他轻轻地为我绑好脖子上松掉的绷带。窗外洒入的阳光落在膝上,好温暖哪。什么都好温暖、好祥和、好轻柔。内心感受着这股温暖,我发现原本一直堵在我胸口的东西正一点一点地逐渐融化。

"我一直很感谢你制造了我。"

我心里思考着的事，极自然地化成话语说出了口。

"但是，同时，我也恨着你……"

我的头仍靠在他的胸前，看不见他的表情。然而，我知道他点了点头。

"如果你不曾为了要有人埋葬你、要有人看着你死去而制造出我，我就不会害怕死亡了，也不必因为某个人死去而饱受失落感的折磨了。"

他孱弱的手指抚摸着我的头发。

"越喜欢某样东西，当失去它时，心痛就越难忍，而往后都必须强忍着这反复袭来的痛苦度过余生，多么残酷啊！既然这样，我宁愿自己当初被制造成一个什么都不爱、没有心的人偶……"

窗外传来了鸟鸣。我闭上眼睛，想象着数只鸟儿飞翔在蓝天上的画面。合上眼帘，一直在眼眶里打转的泪水便落了下来。

"但现在，我对你只有满满的感谢。如果不曾诞生到这个世界，我就无法看见小丘上辽阔的草原；如果当初你没有为我装上心，我就无法体会望向鸟巢时的愉悦，也不会因为咖啡的苦涩而皱眉。能够这样一一地去碰触世界的光辉，是多么宝贵的事情啊！一想到这里，即使内心深处因为悲伤而淌着血，我也能够把那视为证明我活着的最最珍贵的证据……"

同时抱着感谢和憎恨的感情，或许很奇怪吧？然而，我就是这么想的。我相信大家一定都是如此。在很久以前便灭绝了的人类的孩子，对自己的父母一定也怀着类似的矛盾情绪而活下去，不是吗？我们都是同时学习着爱与死亡，往来于世界的向阳处与阴暗处而活下去的，不是吗？

孩子们逐渐成长。于是，将轮到他们背负起在这个世界上创造出新生命的宿命，不是吗？

我会在那座小丘上伯父的长眠地旁边掘坑。我会让你睡在里面，像替你盖上棉被一般为你覆上泥土。我会为你立起木制的十字架，将水井边盛开的花草种在墓前。每天早上，我都会去跟你道早安，傍晚再去向你报告这一天里发生了什么。

长椅上，时间静静地流逝，正午将近。我耳中听着他体内的马达声逐渐减弱，直至再也听不见了。好好安息吧。我在心中轻轻地对他说。

动物园

1

照片和电影的差异,很类似俳句和小说。

不只俳句,短歌、诗也是如此,一般来说,它们的字数都远少于小说,那正是它们的特征。在一连串短短的文字中,撷取内心某个刹那的感动,将其封印。作者便是在体验这个世界之后,将其内心的感动以短短的文字描写出来。

而小说的感动则是连续的。不但对内心状态的描写是连续的,而且随着行数的增加,其形态也有所变化。根据小说内发生的种种事情,登场人物的心情并不会始终保持在同一状态。若从中单单抽出一段短文,那便是描写;然而若让短文接续下去,便是描写"变化"了。登场人物的内心会从第一页变化到最后一页,最终成为不同的形貌,整个变化过程可以用波状曲线来表示,而那正是故事的真面目。这其实是数学。将小说微分,便成了俳句或诗;将故事微分,便成了描写。

而照片正是描写。它截取刹那的风景收入框框中,描写孩子正在哭泣的脸庞,其实很接近俳句或诗。虽然文字并不等同于画面,但无论文字还是画面,都是一种尝试:抽出某个重要时刻让其停留在永恒。

那么，假设我们将几十张、几百张照片接续起来呢？拿来接续排列的照片并不是指内容一模一样的照片，也不是指被拍摄对象完全相异的照片，而是比前一张照片只晚了刹那而拍下后一张照片，然后按拍照的时间顺序排列下去。然后将这叠照片一张接一张高速切换，由于视觉残像①，从这叠照片中便产生了时间，例如照片里一开始在哭泣的孩子最后露出了笑脸。不同于单张照片，这叠接续排列的照片并非各自独立的存在，它们是连续的，其中存在着从哭脸到笑脸的整个变化过程。换句话说，内心的变化是看得见的。当然，连续起好多个"刹那"自然会得出"时间"。如此一来，我们终于得以描绘出所谓的"变化"，而那正代表了"编织故事"这件事是可行的。这就是所谓电影。我是这么认为的。

今天早上，信箱里又出现了照片。这是第几次了？同样的状况已经持续上百天，即便如此，我仍然无法习惯这种事。在清晨的酷寒中，每当打开公寓生锈的信箱，看到里面又躺着一张照片，头晕目眩与嫌恶绝望就会同时袭来，我只能紧紧地捏住照片呆立原地，一动也不能动。每天早上都是这样。

照片并不是装入信封邮寄过来的，而是直接投进我的信箱。被

---

① 日语"残像"，即英语"aftertime"。指眼睛经视觉刺激后，视网膜上的影像不会马上消失，又称视觉余像或视觉暂留。

拍摄对象是一具女性尸体，曾经是我的恋人的她，被埋在某个坑里。相机以俯视角度正面拍摄尸体的上半身，然而那已经不是她原本的模样了——腐烂的脸完全看不出她生前的面貌。

和昨天在信箱里发现的照片相比，尸体似乎又腐烂了一点，但差别非常细微，很难看出来。我之所以能一眼就肯定尸体在持续腐烂，不过是根据她身上爬动的虫子所在的位置和昨天照片里的不同罢了。

我拿着照片回到自己的房间，将照片扫描进电脑。这些日子以来，我所收到的照片全都被保存在电脑里，每一张都编上了号码。现在，此刻，她正以大量影像资料的形态存在着。

最初收到的第一张照片里，她还是人类的模样；第二天收到的照片里，除了脸色微微发黑，并没有其他明显的差别。但随着时间流逝，投入信箱的一张张照片上的她与人类的形貌渐行渐远。

我没有告诉任何人关于照片的事，知道她已经被杀的人只有我。在世俗的认定方式里，她的消失被当作行踪不明处理。

我非常爱她。我想起我们一起看电影《动物园》①的事。虽然是一部看不大懂的电影，但身旁的她始终一脸认真地盯着银幕。

银幕上正以快镜头播放蔬菜或动物逐渐腐烂的画面。苹果和虾

---

① 据剧情推测或为纪录短片《动物园》(*ZOO*, 1962)，由荷兰导演伯特·汉斯特若执导。

逐渐变黑、溃烂、被细菌覆盖、发臭。配合麦克·尼曼①轻快的音乐，一具具动物尸体转眼间失去原形。整段过程极富动感，仿佛巨浪袭来又退去，腐坏席卷了一切。影片的主角将各式各样的东西腐烂的过程都拍进胶卷，是这样一部电影。

走出电影院，我和她绕道去了动物园。当时我正开着车，坐在副驾驶座的她偶然看到了道路前方的路标牌。

你看那个，也太凑巧了吧？

路标牌上写着"前方两百米左转·动物园"。

日文下方同时标示了英文指路说明。一连串的英文字母里，唯有"ZOO"这个英文单词格外鲜明，紧黏在我的脑海里，挥之不去。

我打方向盘左拐弯，驶进了动物园的停车场。园里几乎没有游客，可能因为正值隆冬最冷时段吧。倒是没下雪，但天空中堆着厚厚的云，四下里一片昏暗。在掺杂了稻草气息的动物臭味之中，我和她并肩走着。她虽然穿了大衣，却还是抵不住寒冷，单薄的肩膀始终颤抖着。

真的没有人呢。我听过一个传闻，说现在大家都不来这种地方了，全国的动物园和游乐园将一间接一间地关门哟。她的声音化成白色之物，融化在空气中。我们走过一座又一座铁制格子笼的兽

---

① 麦克·尼曼，英国现代作曲家、钢琴家、音乐评论家，曾为电影《钢琴课》(*The Piano*，1993）配乐。

栏。可能是太冷的关系，动物们都没什么活力，眼神也是空洞的。然而不知为什么，只有丑陋的猴子精力充沛地在兽栏中不断地来回走动。我和她停下了脚步，好一会儿，只是盯着那只猴子看。那是一只身上多处掉毛、看上去有点脏的猿猴。兽栏里只有这一只动物。在水泥打造的狭小空间里，它一直绕着圈走个不停。

她是我疲惫至极的人生中第一个对我好的女人。和她一起去动物园的那天已经像是好久以前了。她失去踪影，是在深秋季节。

我不断向周围所有人求助，说她可能卷入了某个案件。警方却不肯正式展开调查，完全不考虑发生刑事案件的可能性，只以离家出走案件处理。她的家人也接受了，因为她给人的印象原本就是那种会突然失踪的个性。

将照片扫描进电脑转成影像资料之后，我便把照片收进抽屉。抽屉里已经塞了上百张她的照片。

我移动屏幕上的鼠标，启动某知名影片播放软件，这款软件也可以用来编辑影像。我按下"开启影像序列"，选取当初躺在信箱里的第一张照片，然后在"影像序列设定"界面设定"每秒十二格"。

这样一来，存放在电脑里的她的静止影像便依序播放，成了动画。每秒十二张，她的静止影像一张张更换。这个功能原本就是用来制作动画的。

只要按下播放键，就能看到她日渐腐烂的过程。虫子们涌上来覆满她的身躯，饱餐之后退散，看上去就像潮起潮落。

每当清晨来临，我就会发现信箱里的照片，动画的长度就会增加十二分之一秒。我看着照片，喃喃说道：

"我要揪出凶手……"

一定是拍下照片的人杀了她，这很清楚。

"我一定要让他偿命……"

当警方决定停止搜查她的行踪时，我这样发誓道。

只是有一个问题，这个决定性的问题很可能会摧毁我的人格，因此我一直对这个问题视而不见。

"可恶！凶手究竟在哪里？"

我的每句话都是台词，都是我的演技。在我的内心深处，其实一直思考着完全不同的事。但如果不这么持续演下去，那么过于痛苦的现实就会令我崩溃。

也就是说，我只是一直装作不知道。我视而不见，然后信誓旦旦地宣称要找出杀害她的凶手。不过，我绝对不可能抓到凶手吧！因为杀了她的人正是我。

2

失去她之后，我持续过着几乎滴水不进的生活。映在镜中的脸，两颊消瘦，眼窝凹陷。

我知道是自己杀了她。明明知道，却仍打定主意要找到凶手，真是矛盾的举动吧？但我并非双重人格。

我打从心底爱着她，并不想相信是自己的这双手杀了她。所以，我决定逃避真正的事实。

其实在某个地方有一名不是我的杀人犯，是那家伙杀了她。只要这么想，我就会轻松许多。如此一来，我就能从"是我杀了她"的自责中解脱。

"是谁把照片放进信箱的？"

"为什么让我看这些照片？"

"到底是谁杀了她？"

全是我的独角戏。我佯装不明真相，扮演一个打从心底憎恨凶手乃至对其怀有杀意的"我"。

说起来，不让警方看到这些照片，本来就是为了保护我自己，然而我找了个角度来为自己的行为辩解——我要凭一己之力，把凶手找出来给你们看。我试着让这番说辞成为我隐藏照片的理由。以结果来看，警方至今仍深信她是下落不明，而我也得以陶醉在这个"不靠警方协助、独力为恋人报仇"的自我之中。

这样演下去，时间久了，我也曾想过：其实我并没有杀了她吧？杀了她的是别人吧？我是无罪的吧？

但遗憾的是，每天早上，信箱里的照片妨碍了我完美地逃进那个妄想的世界。照片告发了我，她的确是被我杀死的。

警方决定停止搜查，是在她消失一个月之后，刚进入十一月。

从那时起，我决定亲自揪出凶手，于是辞去了工作。当然，我不过是在扮演被杀害的她的恋人罢了，扮演一个憎恨凶手、为了报仇挺身而出的悲剧男主角。

首先，我拜访认识她的人。她的同事、家人、常去的便利店的店员，等等，所有跟她有关联的人，我全问过了。"是啊，还没找到。警方一直认为她只是离家出走，但我不相信啊，开玩笑，她怎么可能离家出走……所以我才到处问她身边的人。您愿意帮助我吗？谢谢。请问您最后一次见到她是什么时候？当时的她看起来有什么异状？诸如招人怨恨或住家附近有奇怪的人走动之类的，她曾经跟您提过吗？……她从没跟我提过这种事……您说她平时戴的那枚戒指吗？对，那是我送她的订婚戒指……拜托不要用那种眼神看我，我已经受够了大家的同情……"

没有人发现是我杀了她。在他们眼里，我似乎是个因恋人突然消失而不知所措的可怜男人。看来我的演技很逼真，甚至有人没有为她反而为我流下了泪。这世界是不是哪里疯了？杀了她的人是我，但为什么没有半个人出面指认我？既然我自己无法承认这个事实，周围的人就应该替我指出真相才对啊！

我从内心深处渴望着那个救赎，我等待着有谁指着我说："你就是凶手。"然而连肩负这一职责的警察都没来揭发我的罪行。

我一直是这么想的。我想尽快解脱，想和盘托出一切，俯首认罪，不然我就得一直演下去，不是吗？然而，我一直无法跨过那条线，去向警方自首。我很害怕，无法正视罪行。我选择伪装自己。

单枪匹马搜查凶手的独角戏演了一星期，我问遍了所有可以问的人之后，仿佛钻入死胡同的老鼠。

"查不到凶手的线索！没有新的情报了吗？"

我一个人关在房里，一边自言自语一边看着电脑。我一再重复播放她日渐腐烂的动画，盯着那些影像。动画结束，她成了细菌的食物——应该说，是某种非人类的、从未见过的、无法形容的东西。

说实话，我觉得那很恶心。我并不想看人类日渐腐烂的过程，更何况她是我所爱的人。但我非看不可。我要借着看那个动画告诉自己，她是被我杀的，暗示自己赶快去自首，说出一切。然而，每一次暗示总是以失败收场。

"我不能一直待在家里！不能放过任何蛛丝马迹！搜查是靠脚走出来的！"

我把视线从她日渐腐烂的动画上移开，站起身。我带上她的照片出门，伪装找寻凶手，徘徊在街头。

我带在身上的照片里并不是腐烂的她，而是她生前的美丽模样。她的身后是斑马的兽栏，拍摄地点就在动物园。那天，她心血来潮地买了一台拍立得相机，我们在动物园里边逛边拍照，拍的全是眼神空洞、身上散发臭味的动物。剩下最后几张，我对着她按下了快门。她站在斑马的前方，那似乎在瞪人的表情被定格下来，永远地印在底片上。

我走在街头，把那张照片拿给行人看，向他们打听线索。走在人行道上时突然有人塞了张照片过来，想必很困扰吧？我很清楚这一点，可是不这么做，我就无法静下心来。在旁人眼里，我一定和流浪汉没两样，但我顾不了那么多。

我失去了工作，也失去了生存的意义，存款也快花完了，不久就会被赶出公寓吧？没关系，睡在车里就好；没东西吃，去抢劫就好；犯罪也无所谓，只要能抓出杀害她的凶手就好；那些都无所谓。只要让我彻头彻尾地演这样一个人，怎样都无所谓。

白天，我流连在街上，四处问人。

"您认得这张照片上的人吗？见过她吗？帮帮忙，请帮忙……"

我曾经在同一个地点持续这样的行为长达好几个小时，附近的商户便去向派出所报案。有了那次教训，我在某个地点徘徊一阵子之后，发现不合适，便开车前往其他城镇，继续做同样的事。

好几次，我被年轻人找麻烦，还曾在巷子里被痛殴一顿。我抵抗，对方便亮出匕首。然而我多么希望他赏我致命一刀，这样就结束了，一切就结束了，我就可以在不必承认杀了她的情况下死去，我的人生就能以被害者而非杀人凶手的身份画下句点。那对我来说，是保全了尊严，是我能逃脱罪行的唯一方式。这么一来，我就不必拿着她的照片追查不存在的凶手，也不必为了打听不可能存在的情报而徘徊街头。

然而那个年轻人没有赏我一刀。于是我抓住他握刀的手，硬把刀压向我的胸口，接下来只要那家伙使劲将刀刺进来就结束了。可是他全身颤抖，开始向我道歉，一旁的同伙也都脸色发青。这时，警察突然出现，一伙人抛下我一哄而散。我真想对他们大喊：等等我！带我一起走！

报警的是一位脏兮兮的老婆婆，她好像是偶然看到我被带进小巷。老婆婆个子非常小，畏畏缩缩地站在警察身后。她一身褴褛，身上穿的、脚上踩的都不像是现代日本人会用的东西，恐怕一直过着非常贫穷的日子，平时睡在散发小便臭味的隧道里吧？老婆婆脸上的皱纹很深，还积了污垢；头发看上去也很脏，脖子下方垂挂着一块木板。一开始我以为她是靠着帮弹子房①挂宣传牌勉强糊口，然而并非如此。

在那块似乎是从垃圾场捡来的肮脏木板上，一行很丑的字写着："我在找人。"文字下方还贴了一张照片，是一张年轻男子的照片，比我手上的女友照片旧得太多了。老婆婆说她的独生子失踪了，她已经在街角找了他二十年。她那双满是皱纹的手轻轻地搁在脖子下方的木板上，一面抚着那张破旧不堪的照片，一面很苦恼地夹杂着我难以听懂的方言喃喃说道，这张照片一直跟着她，风吹日晒，已经破破烂烂，但她只有儿子这一张照片，该怎么办啊？

---

① 日本的大型游戏机房。

我在老婆婆的脚边跪了下来。我伏下脸，额头摩着地面，泪水与哽咽怎么都止不住。老婆婆和一旁的警察试着安慰我，但我只是一径摇着头。

3

在一间像是无主的山中小屋里，我和她吵了一架。就像看到动物园的路标牌便突然决定前往一样，她的行为总是很突然。那时候也是。我们在兜风时发现了一条似乎很多年都没有车子行驶的岔路，她便临时起意，要我拐进去看看。是因为突然很想知道那条路的前方有什么吧？我其实很喜欢她这种任性。

路的尽头是一间山中小屋。说是小屋，其实看起来更像是老旧木板拼凑起来的。我停了车，和她一道走进屋里。

有一股很浓的霉味。她抬头望向随时会掉下来的天花板，眼神亮了起来，我拿起拍立得相机拍下她那个表情。自从在动物园用过拍立得，我对相机产生了兴趣。

闪光灯让她皱起眉头。很刺眼耶。她的口气很强硬，接着便把我手上拍立得相机吐出的照片抢走，揉成一团。我讨厌这样。接着她说，把我忘了吧。我问她这句话是什么意思。她说意思就是，她现在对我已经没有爱的感觉了。

她成为行踪不明的人就是从那天开始的。她和我出去兜风的前一天明明还去公司上班，然而那天之后，她不曾出现在任何人的眼前。那是当然的，因为她一直没走出那间山中小屋。

她似乎没告诉身边的人那天出门是和我碰面。若她曾经告诉了谁，我应该就会被警方盘问而早就认罪了吧？实际上却是她母亲打电话来问我知不知道她去了哪里，只是这样而已。她母亲是个没什么母爱的人，似乎不大在意她的失踪。

紧裹着棉被发抖的我接到电话、听说她失踪时，本来想老实地承认是自己杀了她的。

"您说什么？她不见了……报警了吗？请等我一下，我现在立刻过去您那边！"

但我只说得出和内心所想完全相反的话。这就是我漫长而毫无意义的独角戏的序幕。

我去了她的家，和她母亲谈过之后，向警方要求展开搜索。我装出一副"我是真心想知道她的下落"的模样，打造了一个疯狂寻找她行踪的、虚假的自己。

4

那是我拿着她的照片徘徊在街头之后发生的事。一天即将结束，太阳逐渐西沉，我回到停车场的车子旁，抬头望向周围高耸的楼群。高楼背负着夕阳，巨大的柱子仿佛化成一道道黑影覆盖了四下。

"今天仍然一无所获啊……"我试着喃喃自语。

冬天的寒气为吐出的气息抹上白色，我从皱巴巴的破外套里掏出她的照片来看。我以手指上因割伤愈合而变硬的皮肤轻轻抚着照片中她的脸。

整个停车场里只停放了我的这辆车,附近也不见行人。我的影子映在水泥地上,被拉得长长的。

"明天,一定要揪出凶手……"

四处奔走令我疲惫不堪,几乎要累昏过去。我打开车门坐进驾驶座,这时,我注意到有个东西掉在副驾驶座的下面。

"这是什么?"

似乎是个纸团。捡起来一看,是一张照片。我摊开,确认上面拍的是什么。

"这到底是……"

是她。照片中的她微微抬起头,露出了无意间被偷拍时的可爱表情。背景是旧木板拼凑起来的墙壁,右下角有拍照日期。

"这是怎么回事?这不是她消失的那一天吗?"

我装出困惑的神情。这是她那天一气之下揉烂的照片。

"为什么我的车上会有这种照片?真是太不可思议了,我完全无法理解。这张照片上的她还没死呀……对了,一定是凶手把这张照片丢进车里的,只能这么解释了……"

我打开仪表板旁边的储物抽屉,正打算把照片塞进去,又发现里面有一张纸片。

"这又是什么?"

是加油站的收据。

"这张收据上的日期不正是她消失的那天吗？上面还印有加油站的地址！怎么可能？我那天根本没去这个地方啊！我一直待在家里没出门……难道是……"

我假装自己推导出了某个重大结论。

"这么说，凶手是开着这辆车绑架了她？没错，所以她才会轻易地被凶手带走。她一定是看到这辆车之后以为车上的人是我，才会失去警觉！"

我发动引擎，驱车前行。我知道该去哪里。我应该去收据上印下的地址。

"加油站的人那天可能看见了开车的人！不过他们究竟能不能记得，还是一个问题。"

我一边自言自语一边开车。我转动方向盘，穿过两旁高楼林立的马路朝郊外驶去。沿途的建筑物越来越少，道路两旁并排的民宅之间夹杂着荒地，逐渐西沉的夕阳的红色光芒透过挡风玻璃照在我身上。往身后流动的风景之中，夕阳追着我。

到达加油站时，周围已是一片漆黑。我打开车灯驶进加油站，一个似乎是老板的中年男人走了过来，一身工作服，正以毛巾擦拭沾满油污的双手。我拉下车窗，拿出她的照片问他：

"喂，你看过这张照片上的……"

我才开口，他便露出不耐烦的神情回答道：

"你说她是吧?很久以前来过,说要往西边去。"

"往西边?那她坐的是什么样的车?"

"当然就是你现在开的这辆车啊。"

"我就知道!"

"开车的人也是你啊。喂,这样行了吗?我的台词讲得够完美了吧?你每天都来这么一出,也真辛苦。一天到晚做同样的事情,不嫌烦吗?从开始陪你玩这个游戏到今天已经是第几个月了?虽说你是常客,不好不配合你……"

"你不要讲些莫名其妙的话。不说这个!你说当时开车的人是我?怎么可能……"我装出备受打击的神情,"你说那天她坐的那辆车是我开的?"

加油站老板挥了挥手,比画出赶我走的动作。我踩下油门,往西边前行。

"可恶!到底是怎么回事?我越来越搞不懂了!"

我忿忿地拍打着方向盘。

"那个加油站老板说开车的人是我……可是我那天明明一整天都待在家里啊!究竟发生了什么事?到底哪些是现实?哪些是幻想?"

这是我开始怀疑自己的瞬间,是我对自己的绝对信任产生动摇的瞬间。在加油站的那段对话告诉了我事情的真相。我打起精神,为接下来即将发生的事情作好心理准备。

不知从什么时候，周围已是一片杂树林，交缠的树枝遮掩了道路两头。车头灯照见一条岔路，岔路在一片漆黑树丛中向前延伸，我紧急踩了刹车。

"这片景色……我曾经见过……怎么可能？我明明从没来过这个地方啊！"

方向盘一转，我开进那条岔路，岔路的宽度刚好能容一辆车勉强通过。不久，车子来到一片开阔地带，车灯划破正前方的漆黑，浮现在白光中的是一栋破旧的小木屋。

"我认得这栋小屋……我……"

我走出车子，环顾四周，没有人。寂静的树林里弥漫着冰冷的空气。我从后备厢中取出手电筒往小屋走去。小屋的门是敞开的，我走了进去。

一阵霉味扑鼻而来，似乎每呼吸一下就有讨厌的东西跑进肺里。手电筒的光照出了小屋内部，并不宽敞，首先映入眼帘的是静静地伫立在黑暗中的三脚架和相机。那是一台拍立得相机。

小屋地面的土被挖出，有个坑，相机的镜头对准坑里。我走过去，手电筒照向那个宛如一潭积水般填满了黑暗的坑。

于是，我看见了那个。我双腿一软，跪在地上。

"我刚……想起来了……怎么可能……"

我继续演戏。这是一场独角戏。演员是我，观众也是我。

"是我杀了她啊……"

我当场哭了，泪水滑过脸颊，滴落在干燥的地面上，被吸入土壤的深处。她就躺在我身旁的坑里，腐烂殆尽，变得干燥。连虫子都不再靠近的她整个人缩得小小的。

"是我……是我杀了她……然后封存了这段记忆……"

一切都是我事先想好的台词，我根本从未忘记，都记得一清二楚。但，这出戏就是这样的剧情。

"我这段时日以来一直追查杀害她的凶手……然而我才是凶手……因为我恨她对我说了那么残忍的话，一时冲动……"

我哽咽着喃喃自语，声音在唯有我一个人的小屋里回荡着。掉在地上的手电筒是照亮四周的唯一光源。

我双手撑住冰冷的地面站了起来，浑身上下仿佛被疲惫碾压过。我走到坑边俯视着她。躺在坑内深处的她不再是人类的模样，身体被沙尘覆盖，半埋在地下。

"我必须告诉警察这件事……我必须去自首。"

我下定决心地说道。当然，这是台词，但也是我真正的想法。我一直打从心底里这么希望着。

"我有那种勇气吗？"我自问自答。

我的拳头颤抖着。

"我下得了决心吗？"

然而，非这么做不可，我不能逃脱杀人的罪孽。我必须接受

"自己的这双手杀害了心爱的人"这个事实。

"太困难了……要承认这件事,实在太困难了……"

我拼命摇头,害怕地流下眼泪。到底怎么样才有办法去自首?到底怎么样才能够告白我所犯下的罪行?

"到了明天,我很可能又会失去现在的心情,忘记事实……我说不定会再次封存这段记忆,又开始寻找根本不存在的凶手……我……好混乱……"

我掩住脸,双肩颤抖,然后装出突然想起某件事的样子。

"对了……我只要设计一个告发自己的方法就好了!就是利用照片啊!只要拍下她的照片,我就不会忘记自己的罪行了!"

我走近拍立得相机,按下了快门。在坑底腐烂殆尽的她倏然浮现在被闪光灯划破的黑暗中。相机发出声响,吐出了照片。

"只要看见这张照片,我就会想起自己的罪行。就算想逃避现实,也会被迫正视自己的行为……我不再逃避赎罪的命运……"

我在颤抖的声音中下定了决心。我带着照片离开了小屋。

"去找警察吧……然后给他们看这张照片,告诉他们,是我杀了她……"

我把手电筒放回后备厢,坐进车里,将逐渐浮现画面的拍立得照片放在副驾驶座上,发动了车子。

我在黑暗中奔驰,把油门踩到底,脚下传来引擎的震动。穿过杂树林是连绵的荒地,车灯下,唯有路面的白色标线浮现在眼前,

ZOO 163

黑色柏油路的周围是更深沉的黑暗。

　　副驾驶座上的照片此刻正浮现出她腐烂了的模样。我没开车内灯，所以看得不是很清楚，但借着仪表板的光，多少能感知照片的状况。

　　"我去自首，我去找警察，向他们认罪。我不会逃走，我不能逃走，她是我杀的。那是不该发生的事，但事实上发生了，的确发生了。我不想承认。那不是我干的，因为我爱她啊。但是，我的确杀了她……"

　　像要说服自己似的，我重复着这些话。

　　可是，我很清楚——我很清楚接下来的发展。虽然嘴里念着那些台词，但我很清楚自己不会去找警察。不，不是不去，而是不敢去。其实我很想承认一切，以求爽快，可是，我很清楚，自己的决心到了最后都会消失无踪。

　　这是每一天、每一个夜晚都会重演的戏，不仅是今天。这是每一天结束之际都会重复上演的独角戏。当太阳开始西沉，我就会坐在车内，捡起被捏成一团的她的照片，开始表演对自己产生怀疑的戏。接着，我前往加油站，与协助演出的加油站老板对话。我几乎每天都在同样的时间出现，说出同样的台词。我将会假装自己发现小屋、看见她的尸体、想起自己干下的事。

　　然后，我将会下定决心去找警察……这部分虽然是演戏，却也是我真心的期望。

但我就是办不到。如果我的决心不曾半途而废，现在早已成为阶下囚、过着内心平静的日子了吧……

车子经过来时路上曾去过的加油站。加油站已经打烊了，站内一片漆黑，再往前开一会儿，就会出现某个路标牌。我的决心总会在看到那个路标牌的一瞬间崩溃，消失得无影无踪。我之所以知道，是因为这是每一天、每一个夜晚都会重复的画面。

"前方两百米左转·动物园"——灯光下，路标牌上应该写了这样的文字，那行字下方标示的三个英文字母将会深深地烙在驾车的我的眼里。

ZOO

看到那三个字母的一瞬间，我的脑海里将会浮现关于她的种种画面：我们一起去看电影，去动物园，拍照，初次相遇，我向她坦白自己在孤儿院长大的事，平常不怎么笑的她初次露出笑容……这些事情将一下子涌上我的大脑皮层。当路标牌在黑暗中浮现、我的车子驶过路标牌的一瞬间，她将会坐在我身旁的副驾驶座上。现实中，她并没有真的坐在那里，但那张照片将会化作她的模样，转头望着我，轻轻地伸手抚摸我的头发。最后总会如此。

然后我又会再一次半途而废吧？我办不到。我怎么可能杀了她？我一定会这么想。然后，再稍微往前开一点，我将会在路中间停下来，像个孩子似的号啕大哭。等我把车开回公寓，便会将副驾驶座上的照片丢进信箱，祈祷着明天的自己将会因为看到照片而下定决心，或者祈祷那增加了十二分之一秒的影像能令我彻底地觉悟。我会将她生前亲手揉成一团的照片和加油站的收据放在车内的固定位置，为明天傍晚的演出作好准备。这就是我每天重复上演的戏目的落幕。

就是这么一回事。结果，什么都没有改变。一天过去了，我依旧无法承认自己杀了她。毫无变化，和动物园兽栏里绕着圈走个不停的丑陋猴子一样，总是重复着相同的每一天。到了早上，我就会发现信箱里的照片，然后呆立当场。虽然很遗憾，但事情一定会变成这样。

车子在黑暗中前行，这是我每天晚上都得驶过的道路。我已经在这条路上走了多少个月？还得走上多少个月？马上就看得到路标牌了，那个将我和她的记忆牢牢地烙在我身上的路标牌。我紧握方向盘，等待着那个逐渐逼近的瞬间。

"是我……杀了她……我……把她……"

我喃喃地念叨，想坚定自己的决心，然而心中同时也有"反正终究会徒劳无功"的念头。即使如此，在我内心某处，仍祈祷自己能有所突破。像相信有神明那样，我祈祷自己最终能带着决心驶向那三个字母"ZOO"的前方。

车灯下，白色标线无休止地延伸，干枯的杂草往车子后方高速飞过。马上就要到了，路标牌就要出现了，那个总会令我的决心半途而废的地点就要到了。

我屏住呼吸。车子驶过那个地点，宛如时间停止的瞬间已降临。黑暗里的一刹那，车子仿佛浮在空中，仿佛停在宇宙里。

我让车子继续往前滑行了一会儿，然后在马路正中间停下。我没拔下车钥匙便走出车外，连手刹都忘了拉起来。冷风吹着我满身的大汗，我回头望向那片迫人的黑暗。

我想起刚才看到挡风玻璃对面的东西……不，不该说看到，因为我根本没看到。

我听过一个传闻，说现在大家都不来这种地方了，全国的动物园和游乐园将一间接一间地关门哟。

她的确曾经在动物园里这么说过，的确有动物园倒闭的传闻。

昨晚还在的路标牌消失了，取而代之的是无尽的空旷。我什么都没看见，驶过了那个地点。她的幻影没有出现，没有坐在副驾驶座上。我就这么驶过了那个地点，没想起关于她的事情。这让我对她产生了罪恶感。另一方面，我也觉得，她是以不再现身的方式对我无言地告发。

回到驾驶座上，我静静地祷告着。那是对神的祷告还是对被我所杀的她的祷告？我不知道。但我知道，我不需要演戏了。我现在终于能去找警察了吧？我终于能坦白自己的罪行了吧？此刻，唯有平静填满了我的内心。

把血液找出来!

1

闹钟响起，我（64岁）醒过来。我伸出手按停闹钟，随后，用同一只手揉了揉眼睛。时间是早上五点，阳光从紧贴床边那扇没有窗帘的窗户照射进来。这扇窗户很难开关，也没上锁，而且不管推或拉，最多只能开三厘米，可见唯有通过房门才能进出房间。

我看了看自己的手，吓了一大跳。双手是红色的。已经干掉的红色之物黏在皮肤上，是血。再仔细一看，发现自己全身是血。我不禁惊恐地放声大叫。一直害怕的事情终于发生了。

"发生了什么事？爸爸！快开门哪！"

有人敲我的房门，是次男次夫（27岁）的声音。门好像锁上了。我从床上起身，想确认是自己身体的哪个部位在出血。

"到……到……到底是哪里？到底是哪里在流血？"

我知道自己开始慌了，但我完全搞不清楚究竟是哪里受了伤。血好像流进了眼睛，四下里看起来一片模糊。我放弃寻找出血部位，挣扎着走到门边，打开门锁。

"爸爸！"

次夫冲进来，一看到我的样子，便"哇啊！"地叫出了声。

"次夫！快……快……快点帮我看一下，快看看我到底是哪里流血了！"

次子从小就常被讥笑是胆小鬼，我本以为他会直接逃出房间，不过他倒是听从我的吩咐，一边"哇！""呃……"地发出怪声，一边检查我的背、腹。

"啊，在这里！爸爸，你的右下腹受伤了！"

我伸手往他所说的部位摸了一下，确实有个硬物从我的身体里长了出来。

这时，我的妻子七子（25岁）和长男长夫（34岁）虽然迟了些，也起床过来我这边。因为血跑进眼睛，所以我只隐约看到他们似乎一脸"发生了什么事？"的神情，窥探着房里的状况。

"呜哇！"

"好恶心！"

我听到了两人的惊叫。

"次夫，我身上究竟长了什么东西？"

次男发出愚蠢的"啊……"的声音，然后很为难似的回答我：

"我看……这个嘛……长在爸爸右腹的东西很像菜刀……"

我的意识开始模糊，右下腹不断流出的血染红了地毯，染血面积越来越大。但自己被菜刀砍中这件事，我根本毫无感觉。

2

十年前，我曾发生车祸。当时，我所驾驶的车子采取过防弹措施，甚至装了火警自动喷水装置，是我花大价钱定制的一辆媲美战车的私家车。我的第一任妻子就坐在副驾驶座上。

那是一场非常严重的车祸。我引以为豪的车子成了一团奇形怪状的铁块。事后，我对于自己能活下来感到不可思议。

我在病床上醒来，虽然全身裹了绷带，却丝毫不觉得哪里疼。为了探知同车妻子的情况，我在医院里四处东张西望。

发现我的护士发出了尖叫。本以为她是不高兴见我身体状况不好还到处乱走，没想到是因为见到我的一只脚承受不住体重而弯成了可怕的"の"形。院方说我全身骨折，必须静养。

我很不服气。明明一点都不痛，干吗要安安静静地躺着？

后来才从医生那里听到了病况说明。车祸中，我被狠狠地撞到了头，大脑因此出现障碍，留下了后遗症。也就是说，我完全丧失了痛觉。

从那以后，我就非常害怕受伤。

有一次，我正在看报纸，不知为何四格漫画《暖暖君》[①]的最后一格被涂成了整格红色。究竟是哪个家伙恶作剧？这样不就没法知道结局了吗？虽然这部漫画本来也谈不上有没有结局之类的。我正气愤不已，才发现那是被我指尖流出的血染红的。原因是我养了一条土佐犬，那天早上忘了喂它，结果那家伙不知道什么时候把我

---

① 原名为《ほのぼのの君》，由佃公彦（1930—2010）创作的四格漫画，1956—2007年连载于《东京新闻》（日报），共15468回，成为在日本报纸上连载最长的作品。

的手当成狗食嚼破。

还有一次，我正准备洗澡，在更衣间脱下内衣，发现不知为何内衣上有一点一点的红色水珠图案。正想开骂"是谁买了品味这么差的衣服？"，才察觉那些水珠其实是我的血。我的后背被两三枚图钉刺伤了！看来是我午睡时睡相太差，滚来滚去，滚到图钉上了。

总是这样。等我发现的时候，才知道血一直在流。就算被钉子刺到皮肤，我也不会有感觉。有一次，小脚趾踢到衣柜的一角，趾头骨折，我居然过了两天才发现。

深感性命受到威胁的我只好每天就寝前请我的主治医生主自医生（95岁）帮我检查全身，看看有没有哪里受伤。

但这么做还是无法完全消除我内心的不安。如果第二天一早睁开眼，我全身上下都是血，该怎么办？我总是像这样忧心忡忡地入睡。

发生车祸的那一年，我失去了妻子，人生也失去了光泽。从此，我的人生只剩下两个没出息的儿子和全心全意让公司壮大这件事而已。

我的公司规模越来越大，但一直没有合适的接班人，我也一直无法放心引退。我变得很少笑，在没有痛楚的世界里过着担惊受怕的每一天。

3

窗外的山间弥漫着清晨的清新空气,我浑身是血,坐在桌旁,轻快的鸟啼听在耳朵里,只让我烦躁不已。次夫和七子也围着桌子坐了下来。

"亲爱的,血流得好夸张哦,像喷泉似的。"七子掩着嘴说道。

讲完电话的长夫也来到桌旁坐下。

"老爸,我已经叫救护车了。不过他们说,从山脚开到别墅这里最快也要半小时,怎么办?"

半小时啊……我在心里叹了口气,望向插在侧腹的菜刀。那把菜刀利落地插进我的身体。因为我胖,身子不稍微扭转过去是看不到的。

"爸爸,你不能转身啊,会像拧抹布一样使血一直流出来的。"

"哦哦,对哦,说得也是。"

我接受了次夫的忠告,转正身子。不过我实在不认为自己这样一直出血撑得了三十分钟,偏偏这里又是深山别墅,附近根本没有医院。

"七子……"长夫总是直呼比自己年轻的继母的名字,"你干吗掩着嘴?觉得恶心吗?"

七子摇摇头说道:"才不是呢,我只是不想让你们看到我在笑。一想到这个人终于要死了,哎呀,真是太开心了。"

这个女人是看上我的财产才跟我结婚的。

"七子你居然在我爸爸快死的时候说这种话!"长夫转过头,对我露出保险业务员式的笑容。我总是暗地里叫这个大儿子是"伪善者"。"老爸,你可不能把财产分给这个女人哦。公司交给我就好。你就干脆地死掉吧。"

"哎呀,长夫,你还真敢说!你根本就是因为欠债,想早日继承遗产吧?"

"真可怕啊!爸爸,这两个人心里盘算的事真是太恐怖了。"

胆小的次夫把椅子拉开,坐得离七子和长夫远远的。

"你们俩居然在我快死的时候讲这些有的没的!"

"就是因为你快死了,才会说这些啊。"七子一脸无所谓地嘟囔着。

这女人,把她的名字从遗嘱里删掉算了。

"爸爸,不可以生气。血压一旦上升,出血会更严重。"

次夫的声音让我清醒过来。我深呼吸,压下愤怒。这时,我想起了某个人的脸。

"对了,怎么没看见主自医生?"

我外出旅行的时候,一定会带上他一道出门,这次也不例外。来到这栋深山别墅的除了我们一家人,还有主自医生总共是五个人。

主自医生是个年纪很大的老头。至于他到底有多老,几乎每个看到他的人都会忍不住担心："这医生真的没问题吗？是不是找别的医生比较好？我的性命可以交给这个像是江户时代①出生的老头吗？"往往决定转往别家诊所。因此主自医生的诊所总是门可罗雀。每次我希望他同行的时候，他都会高兴地说："走啊，走啊。"直接抛下诊所，跟着我出远门。

"医生好像还在睡，这种节骨眼明明该他登场呀。"次夫说。

"我去叫他。"长夫站了起身。

主自医生的房间也在一楼，就在我隔壁，所以他本应该是第一个听到我的惨叫声赶过来的人。但大概是重听或听不见，再不然就是老死在了床上。别墅里，一扇扇的房门沿着客厅的墙壁并排，从我的位置可以清楚地看见长大打开医生的房门叫他起床的背影。

过了好一会儿，医生终于挠着后脑勺走出房门。长夫带他走到我们这几个人围坐的桌子旁。这段时间里，我的身体依旧不停地出血，血液染红了地毯。

"主自医生，不好意思，打扰你睡觉。你快帮我看看，变这副模样了呢。"

长夫摇了摇头说道：

"哦，不，老爸，医生他根本没睡。"

一身白袍的主自医生连忙"咚咚咚"走到我身边。他即使外出

---

① 日本封建王朝最后一个时期，自 1603 年至 1868 年。

ZOO 177

旅行，也随时披着白袍。

"这个嘛，说来不好意思。其实我听到了你的惨叫声，可是我每天早上一定要收看五点十四分播出的电视节目《日本电车之旅》①。真要作比较，凭良心讲，当然是这个节目比你重要嘛。"

"如此庸医……"七子忍不住吐出了这一句。

"好了，别管那些。总之，请你赶快检查我的身体。"

医生立刻着手检查我的伤口。

"啊呀呀，这是被菜刀刺伤的。但是在这里没有办法进行任何治疗啊。"

"没想到竟有机会亲眼观看真正的验尸。"长夫喃喃地说道。

什么验尸？我还没死！我在心里大骂长夫，转向主自医生问道："医生，我已经没救了吗？"

"是啊，这样下去，你连《早安摄影棚》②的播出时段都撑不到了。真是太遗憾了。"

隔着桌子的另一侧，七子眼眶湿润地摇着头说：

"哎呀呀……这真是……如愿以偿了……"

我一手指着她，一手紧紧揪住主自医生的白袍哀求道：

"啊，这女人实在太可恶了！医生，难道没有办法延长我的性

---

① 原名为"ぶらり途中下车の旅"，日本电视台自1992年播出的旅游节目。主持人每集更换，多由老年艺人担当。
② 原名为"おはスタ"，东京电视台自1997年于星期一到星期五的早上6:45至7:30播出的综艺节目。

命吗?"

医师满是皱纹的脸上露出了笑容:

"先别慌张。我就是因为担心会发生这种事,所以旅行的时候总带着给你输血用的血液出门。"

听到这番话,我恍然大悟。因为他实在过于频繁地把针戳进我的手臂抽血,频繁到我甚至怀疑他是不是偷我的血去卖。现在我知道那些血液是为了应对眼下这种状况而备存的!在我的眼里,主自医生的背后仿佛射出了万丈光芒。

"只要在救护车抵达之前输血,应该就能撑下去吧?对了,你们叫救护车了吗?"

我告诉他,救护车到这里要三十分钟。

"时间很紧迫哪。好在我房间里有一大堆你的血液,我这就去拿过来。"

主自医生连忙"咚咚咚"踩着碎步回他的房间。

"真的是活着就有希望啊。"

"说得没错。这么一来,亲爱的,你就可以长长久久地活下去了。真是令人开心啊。"

长夫和七子一前一后表情颓丧地这么说,我还听到他们"啧——"了一声。

"爸爸,你要是死了,我就得跟这两个人一起生活,太恐怖了!"

次夫一脸哭丧地摇晃着我的肩膀。别摇了,血会喷出来的。正

ZOO 179

当我努力把次夫推开时,主自医生回来了,只见他满脸笑容。

"医生,快给我血,我好像头晕了。"

"唔,这我办不到。"

你说什么?

"抱歉,我不知道自己把装有血液的皮箱忘在哪儿了,慌慌忙忙地就到别墅来了。"

这位现年九十五岁的医生一脸不好意思地挠着脑袋说道。

4

你说你不知道?

"我不知道为什么,总之,皮箱不在我的房间里。"

长夫和七子再次露出开心的表情。

"记……记得一起出门的时候,你还带着皮箱的,对吧?到底忘在哪儿了?"

"不知道。"主自医生歪着头说,"可是,唔,我真的带来别墅了吗?说不定忘在了火车上,或者跟大家的行李混在一起了?"

我立刻命令妻子和儿子去检查各自的行李。

"可是,哥哥和七子就算找到装有血液的皮箱,说不定会因为希望爸爸死掉而藏起来,不是吗?"次夫说。

我觉得他说得有道理。

"这样吧,找到血液的人可以继承我的全部财产,包括公司和所有不动产。想要钱，就去把我的血液找出来！"

长夫和七子惊讶地望着我。

"亲爱的，你放心，我一定马上把血液找出来给你！"

"我也是！"

他俩说完，立刻冲回位于二楼他们的房间。次夫也随即跟上，连主自医生都卷起白袍的袖子，一副跃跃欲试的模样。

"医生，你如果找到血液，我是不会分给你遗产的。"

"我想也是。"

"不能让现在在这栋别墅里的人直接输血给我吗？"

"你是O型血，其他人不是A型、B型就是AB型，没办法输血给你。"

二楼传来三个人翻箱倒柜检查行李的声音，而这段时间里，我的血一直流个不停。

"医生，至少先帮我止一下血吧？"

他点点头。

"我记得把心爱的手术刀带过来了，也带了缝衣服的线，应该可以在这里做简单的手术。幸好你不需要麻醉。"

"拜托了，我还得多活一阵子才行。要是我长年苦心经营的公司落到那三个人手上，肯定会倒闭的。"

"还不能死啊？你也真是辛苦。"

医师说着，从白袍内袋掏出一把生锈的手术刀。

"等一下！那手术刀是怎么回事？生锈了啊！"

"哎哟，这种生死存亡的关头，你怎么还计较这么多？"

主自医生握着手术刀的手抖个不停。

"医生，你上次动手术刀是几年前的事情？"

"应该是在你出生之前吧。"

我以不似重伤者的敏捷身手迅速打落医生手中的刀。

"总而言之，医生，拜托你快点想起来把装有血液的皮箱忘在了哪儿吧！没有那些血液，我就死定了！"

我开始努力回想从昨天踏出家门到此刻所发生的每一件事。

昨天早上十点，我们一行人分别乘两辆出租车从家里出发。所有成员中，只有我有驾照，但自从发生十年前那场车祸，我就再也没开过车了。

"从我家出发的时候，你的确带着血液吗？"

"我很确定，因为皮箱就摆在我的大腿上。"

出租车到达车站，我们坐上了火车。我清楚地记得主自医生在摇晃的火车车厢里双手捧着火车便当的样子。

"在火车上，医生，你双手捧着的是火车便当啊。"

"哦，对，对，你记得很清楚嘛，那便当真好吃啊。"

"那么，装有血液的皮箱呢？"

"啊，糟糕！我忘在车站月台上了！"

你这痴呆老人！我正想这样大叫，身后有人说话：

"解决了！医生的行李是我们帮忙搬上火车的，当时那只装有血液的黑色皮箱是我提的。"

是次夫，他不知什么时候回到了一楼。

"次夫啊，血液一并搬到你房间里去了吗？"

"没有，不在我房间里。"

儿子摇头否认。我顿时失望地垂下肩膀。或许是我太敏感了，我觉得自己的体温逐渐下降，手脚也开始发冷。

"爸爸，你的脸色发青了。"

"废话，流了这么多的血，脸色当然发青。次夫，我想抽烟，拿烟给我。"

"不行，抽烟对身体不好，万一折寿怎么办？"

"现在这种状况，你还说这种话？"

下了火车，我们又乘出租车颠簸了四十分钟，沿着山路抵达这栋别墅。哦，不，在那之前，我们先到车站附近的闹市区买了食材之类的必需品，那是每次来这栋别墅前一定会做的事。考虑到带着一堆行李很难购物，所以由次夫和主自医生先带着大家的行李前往别墅。

这样一来，两手空空的我、长夫和七子三个人便在车站周边的商店里物色食材。长夫装出孝顺儿子的模样，满头大汗地提着装了食材的袋子。我记得经过蛋糕店的时候，七子说想买蛋糕。

"买蛋糕回去，大家一起吃吧？啊，对了，还要买一把菜刀。没记错的话，别墅里连把菜刀都没有吧？"

这时，我突然想起，当时她的左手提着一只黑色皮箱，似乎正是主自医生的。

"我问你，你们先搬来别墅的行李里，是不是没有那只装有血液的黑色皮箱？"

"我想没有吧……"次夫不太有把握地回答。

"次夫和主自医生搭计程车离开后，只剩下那只黑色皮箱孤零零地被忘在马路中间哦。"身后传来七子的声音。回头一看，她已经回到一楼，站在椅子后面。"我知道那只皮箱是医生的物品，所以购物的时候一直提在手上。"

我瞪向医生，抡起拳头。

"你怎么把那么重要的东西忘在马路中间！"

"啊呀，你抡拳头是想干什么？想对我这个手无缚鸡之力的老人动粗吗？我可是来日不多的老人啊！"

我才是来日不多的那个人吧！

"是啊，亲爱的，动粗是不行的。这老头已经完全痴呆了，多少有些奇怪的举动。你就原谅他吧。"

奇怪的人是你吧？

"总之，皮箱是你提着的。那么，皮箱在你房间里吗？"

她摇头。

"我只记得到这里之后就把皮箱放了下来……"

还是找不到吗?我的视线已经有点模糊,也逐渐有了睡意。我心里很清楚,这是很不妙的征兆。我的伤口像沙漏一样,不停地流血。我眼睁睁地看着自己剩余的时间流逝。

"至少可以确定,皮箱在这栋别墅里?"

"次夫说得没错。"

"但重点是,它究竟在别墅里的哪个地方?"

众人环抱起胳臂,陷入沉思。这时,客厅门口传来"伪善者"长夫的声音:

"我昨晚看到那只皮箱了。"

所有人一起回头望向他。

"真……真的吗?"

"嗯,我看见了,皮箱就倒在客厅门口附近。"

"这么说,长夫,你找到血液了?"

"没有,没找到。但我记得,昨天晚上我模仿鸭嘴兽给你们看的时候,那只皮箱确实倒在那附近。"

听了长夫这番话,我想起了昨晚用餐时的情形。我们一行人吃着七子做的晚餐,我要她和两个儿子各来一段才艺表演助兴,长夫的鸭嘴兽模仿秀是三段表演之中最差劲的。

"我想起来了,哥哥昨天晚上被爸爸狠狠地奚落了呢。"

"想要模仿鸭嘴兽这种不知是哺乳类还是鸟类的怪物,本来就太蠢。虽然不是我的亲生儿子,但真是没出息呀。"

次夫和七子你一言我一语地嘲笑了长夫一顿。

"闭嘴,闭嘴!不准说鸭嘴兽的坏话!鸭嘴兽是现存于澳洲的原始哺乳动物,它那短短的腿上是有蹼的!七子你才是莫名其妙,都什么年代了,居然还那么陶醉地大唱《丸子三兄弟》①。老爸就是因为那首歌才不开心的!要不是你唱那首鬼歌,老爸一定会喜欢我的拿手好戏。你居然连老爸讨厌丸子都不知道?"

"我当然不知道!天晓得十年前他第一任老婆是被丸子噎死的?我一直以为她是因为车祸死的!"

我把他们的争吵全当作耳旁风,闭上眼睛试着回想昨晚发生的事。一切宛如走马灯般,在我的眼睑内侧上演。

昨天晚上,我一边吃饭一边欣赏他们仨的表演,演出顺序依次是七子、长夫、次夫。长夫的表演结束后,我的心情差到了极点,没想到次夫最后的扑克牌魔术倒十分有趣。这个既胆小又没出息的二儿子什么都不会,却擅长魔术,房间的书架上也摆了不少推理小说。

我曾经碰巧看见他望着星星发呆。

"次夫呀,在想什么?"

---

① 1991年流行于日本的探戈风格的童谣,销量突破300万张,成为当年日本的销量冠军单曲。

"在思考杀人的诡计。"

他的眼神发光,但我忍不住"扑嗤"笑了出来。

"你这么胆小,居然想这种事情?再说你想出诡计之后又能干吗?写小说还是杀人?你胆子这么小,这些事你肯定办不到。你就算以优秀的成绩从大学毕业,也只能每天遛狗散步虚度时光啊。"

次夫挠着头,笑嘻嘻地听我说。他就是这种无论我讲得有多难听都只会微笑以对的没出息男人。

昨晚,看完次夫的扑克牌表演,不知不觉快十点了。我阻止了主自医生自告奋勇要唱宇多田光的歌,打算先去睡。即使是外出旅行,我也一定严格遵守晚上十点睡觉、早上五点起床的作息表。

睡前,主自医生来我房间里检查我身上有没有受伤。我躺在床上望着窗外。这个房间很小,正方形,床铺在正对门口的墙侧,紧贴床旁有一扇窗户,能看见外头星星闪烁的夜空。这扇窗户很难开关,顶多只能开三厘米,所以房内的空气很难流通。没有人愿意跟我换房间,我每次来别墅都是睡这一间。

房门敞开着,我清楚地听见妻子和两个儿子在客厅里聊得很开心,他们正讨论着要把蛋糕端进客厅吃。

因为皮肤没有知觉,我完全感受不到主自医生手上的动作。我不禁担心他会不会根本没帮我检查,睡着了?不过床底传来像是他的抖脚声,应该没睡着。然而当我回头一看,这个痴呆老头果真坐在床边的椅子上打起盹来!

敞开的房门外,我看见客厅的桌子旁,七子正拿着菜刀切分圆形蛋糕。

"医生爷爷,大家要开始吃蛋糕了。"

我低声说了这句,主自医生便慢吞吞地从椅子上起身,喊着"蛋糕上面的巧克力是我的!",便走出了房间。

真是够了。我起身走到门口,看了一会儿围着蛋糕的四个人。七子手拿菜刀,正灵巧地将蛋糕分配到每个盘子里。

我关起房门,上了锁,房间里只剩下我一个人。我关掉电灯,打了个哈欠,躺到床上,进入梦乡。

"我记得,老爸回房之后,我们就切蛋糕来吃了。装有血液的皮箱好像在那个时候就不在客厅门口那边了。"

听到长夫的声音,我睁开眼,从走马灯般的昨日回忆中回到现实世界。眼前是围着桌子坐的四个人,我的身体仍然流血不止。我扭转身子望了望侧腹,菜刀仍插在那儿。关于模仿鸭嘴兽表演的争论不知何时已结束,客厅里一片沉寂。

"如果长夫说的是真的,那么在我十点进房间的时候,皮箱就已经消失了。"

"我记得在十二点左右,大家各自回了房间⋯⋯咦?"七子一脸不可思议地说道,"这么说来,这栋别墅里只有一把菜刀?"

那又怎样?我听得一头雾水,只听次夫"啊?"地叫了出来。

"也就是说，插在爸爸侧腹的那把菜刀就是……"

"对，你们看，接近刀柄的刀刃上还沾着鲜奶油。"

主自医生将沾满血迹的菜刀放在桌上。确实，看得见菜刀上切过蛋糕的痕迹。

"等……等一下！你什么时候从我身上拔出了菜刀？"

我伸手探了一下侧腹，不知何时，菜刀已经不见了踪影。

"哼，你太大意了，连我偷偷拔出菜刀都不知道。"

"你真的是医生吗？"

长夫环抱起胳臂，那张看起来很会欺骗善良家庭主妇的推销员的脸上露出了困惑的表情。

"可是话说回来，我们是在老爸回房后才切蛋糕的，对吧？"

我点头同意。我还记得关上房门的时候，看见七子正拿着菜刀将蛋糕切分给大家。

"后来，老爸立刻锁了房门。这样一来，这把菜刀究竟是如何在沾上鲜奶油之后进入老爸房间的呢？在另一个世界的老爸一定也觉得很不可思议吧……"长夫说。

我还没死……

因为出血过多，我开始头晕。我再次命令七子和两个儿子去找出装有血液的皮箱。我的舌头也不灵光了，对他们说话时，口齿已不清。

当长夫、次夫和七子翻箱倒柜寻找血液的时候，我开始思考：

难道我真的会这么窝囊地死去吗？这些家伙全都蠢得不行，要是我有一个兼具头脑和胆量、不会搞垮公司的继承人，我其实可以很愉悦地面对死亡……

我请主自医生扶我到客厅一角的沙发上躺下。我连走路的力气都没有了，双腿微微颤抖着。

"啊，对了！"正在厨房里寻找皮箱的七子大叫着跑来我身边，长夫和次夫听到叫声也都回到客厅。"我端蛋糕进来的时候，好像在客厅门口附近踩到了什么东西，该不会是那只装有血液的皮箱吧……"

"什么？那……那后来呢……"

因为浑身无力，我连喊叫都软绵绵的。

"我很生气，就使劲踹了那东西一脚。"

"我的血啊……"

"可是，那只皮箱现在到底在哪里呢？"次夫歪着头说道。

如果不在妻子和两个儿子的房间里，也不在医生的房间里，那么究竟在哪里？

我想，我真的快死了吧？竟然连一向讨厌的妻子和儿子都似乎可爱起来。到了最后一刻，我想好好地看看他们每个人的脸，于是直盯着他们。

但那个老糊涂医生像要找我麻烦似的，搬了把椅子坐在我正前方。更过分的是，他还打开体育报纸看起来，结果我的视野前方被昨天举行的相扑比赛的照片大摇大摆地占满了。我死前最后看到的东西居然是相扑力士互撞的照片……但我突然发现一件事。

"咦，主自医生，你怎么没抖脚？"

报纸下方，医生的双脚稳稳地踩在地面上，他以一种"我也不知道怎么回事"的语气说："这阵子，我的抖脚习惯好像切到了关闭状态。"边说边收起了报纸。

我突然想到某种可能性。在我的脑袋上部，想象中的小灯泡突地亮起来。

"次夫，你去我房间里搜一下。"我的声音极为虚弱了。

次夫推开主自医生站在我面前。

"不，我才不去，那个房间里到处都血，好恐怖。"

"那么，长夫，你去我房间里找找看，记得一定要看床下。"

长男听从命令，进了我的房间。从沙发这边可以清楚地看见打开的房门，也看得见正在搜索床底的长夫的背影。终于，长夫大叫一声："找到了！"回到客厅的他，双手抱着一只黑色皮箱。

总算赶上了……我抚着胸口，松了一口气。虽然我的魂丢了一半，但总算能拣回一条命。

"不过，皮箱为什么会在那里？"七子歪着头问道。

"你踹皮箱一脚的时候，我可能正躺在床上让主自医生检查。被踹飞的皮箱穿过敞开的房门，冲进我房里了。你看，床不是正对门口吗？皮箱碰巧滑进我的床底。"

ZOO 191

我在接受检查的时候，曾听到床底传出某种声音，当时我以为是主自医生的抖脚声，但恐怕是皮箱滑进床底所发出的声音！

长夫和七子一脸遗憾地盯着皮箱。我一边想着"你们这些家伙等着瞧"，一边等待医生将输血针头刺进我的手臂。

"医生，请你动作快一点。我真的不行了。"

"我办不到。"打开皮箱的医生露出了非常遗憾的表情，"皮箱里什么都没有。"

5

"居然忘了把东西收进去！这个痴呆老头……"

一只脚踏进棺材的我强打起精神发出最后的怒吼，但那简直和小女孩睡前发出的呢喃没什么两样。我知道自己已经来到死亡的门口。我其实很震惊：看来我的生命真的走到了最后一步。

我浑身被一股麻痹状的无力感包围，显然不再有任何能让我活下去的机会了。我只能闭上双眼，沉入再也无法浮上来的睡眠深海。

逐渐模糊的视线里，我看见左右挥手的主自医生。应该近在眼前的他看起来却像在遥远的天边。

"不对，不对，我真的收进去了。我是说真的！我想应该有人把血液从皮箱里取走了，目的是让你无法输血，确保能杀掉你。"

"你真的把东西收进去了吗……"

"真的，我还没痴呆到那个地步。虽然我穿了成人纸尿裤，但我真的没那么痴呆。我的确把 O 型血和输血导管等全收进去了。"

"啊？医生，你穿纸尿裤？"次夫惊讶地问道。

"呵，开玩笑，我是开玩笑。"主自医生爽朗地放声大笑。

现在是搞笑的时候吗？一瞬间，我的火气上来了，但听到"输血导管"这个词，我心中有个什么东西被牵动了一下。逐渐模糊、苍白的脑袋里，小灯泡再度亮起来。

但我实在不敢相信。

我恍恍惚惚地思考着自己察觉到的事实，越发感到难以置信。

濒死的我，心中塞满了一个疑问：这件事真的是事先设计好的吗？

"还好，之前帮老爸投保了高额保险。"长夫松了口气说道。

连回嘴的力气都已从我的伤口中汩汩地流掉，出个声都让我疲惫不堪。不过我的双眼还睁着，还能瞪着长男。

"亲爱的，你的遗嘱应该事先立好了吧？"

我挤出仅存的力气点了点头。老实说，我在好几年前就已经委托律师分配好了遗产，应该是将财产等分成了三份留给他们。

缓缓降临的死亡仿佛强大的睡魔，我的眼皮越来越重。终于要来了，我心想。察觉到我即将咽下最后一口气的四个人围在沙发四周：长夫和七子望向我的眼神满是期待；主自医生则一脸复杂的表情；唯有次夫独个儿站在稍远处朝我眨了一下眼，脸上露出微笑。

这下，我心中的疑问有了答案。

说实话，我不明白次夫是抱着什么目的干这种事。那孩子小时候曾经以笨拙的手法表演扑克牌魔术给我看，因为很感动，我大大地称赞了他一番。次夫那时露出了前所未见的开心笑容，或许现在这个微笑是当年的延续。

至少知道了他还有杀害父亲的胆量，我安心了。以前我一直认为他是一个胆小又软弱的孩子，但是照此看来，我的公司应该不会垮掉了。

或许他早在这趟旅行之前就开始计划了？次夫在来别墅的路上找机会将主自医生皮箱里的血液取走——可能是在火车上。

第二天早上，我会在清晨五点醒来，家里人都知道我这个习惯。然而比这更早的时候，次夫便开始作杀人的准备。他带着偷来的血液和输血导管走到外头，走到我房间外面，将窗户打开一道小缝，把输血导管插入缝隙，再将O型血洒在熟睡的我的身上。我一天到晚地抱怨窗户的锁坏了，只能打开几厘米，家里人都知道。

接着，次夫处理掉空空如也的血袋和输血导管，回到客厅里静待闹钟响起。他为什么要使用沾了鲜奶油的菜刀？万一七子没开口说要买菜刀，他又该怎么办？这些事我无从得知。总之，到了五点，我醒过来。

从窗户洒进的晨光中，我发现自己浑身是血。次夫装成像在第一时间听见我的大叫，冲过来敲我的房门，要我打开门锁。等进了我房间，他假装要检查我的身体，从我身后将菜刀插进我侧腹。没有痛觉的我丝毫没察觉自己被刺了。

这四个人低头望着躺在沙发上的我，他们头顶的日光灯显得格外刺目。我面露微笑，朝站在其他人后面的次夫送出"我都知道了"的信号。

"怪了，这个人怎么在笑？"

耳边传来七子似乎觉得很不可思议的声音。我安心地闭上了双眼。

寒冷森林中的小白屋

1

我住在马厩里。我没有家。马厩里有三匹马,不断地拉粪。

如果没有你,就可以再养一匹马了。

伯母总是忿忿地这么说。

马厩的墙,下半部是以石头堆砌而成,上半部是木板。墙上的石头并不是方正地切割的石块,而是直接将圆石头随意堆起来,再用灰泥填满缝隙。我总是望着墙进入梦乡。在马厩里睡觉,如果不贴着角落,会被马踩死。我数着眼前石头的数目,每块石头的形状都不同,看起来都像人脸,或像手臂、脚跟,有时也像胸口或后颈。

空气中总是弥漫着马粪的臭味,但我除了这里,无处可去。冬天的夜晚十分寒冷。我睡觉时盖了稻草在身上,却无法停止颤抖。

我的工作是在马厩里清理马粪。马厩后面有一座高大的肥料山,我双手抱着满满的马粪搬过去。有时,我也负责把肥料搬去田里。伯父叫我做什么我就做什么,不过伯父绝不会靠近我,他总是捏着鼻子命令我做事。

伯母家有两个男孩和一个女孩。那对兄弟经常来马厩玩，哥哥会拿棍子打我，弟弟忍着笑，而我流着血。

最过分的一次是他们拿绳子绑住马，马发狂踩到我，我的脸于是凹了下去。两兄弟慌慌张张地逃走了，事后却装做什么都不知道。

我的脸上有些什么掉下来了。我捡起那块红色的东西，走出马厩，前往主屋，打算拜托伯母帮忙。外头很明亮，没有马粪臭味的清风吹拂着，绿色的草地绵延着。我的脸上有什么液体不断滴下来，我只是一径往前走。

伯母家的院子里养着鸡和狗，我敲了敲主屋的门。我无法发出声音，手上紧紧地握着从我脸上掉下来的东西。

伯母打开门，走了出来，一看到我便发出尖叫。她不肯让我进屋。

家里有客人，你快回马厩去。不要出来乱走，免得客人看到你，觉得恶心。

我被赶回马厩，就这么待着直到夜深。我用喂马的水清洗伤口。我是不被允许使用水井里的干净水的。我痛得昏过去好几次。

兄弟俩似乎不敢再靠近马厩了。我肚子饿，就吃喂马的草料充饥。伯母拿剩饭来的时候吓了一跳。

哎呀，你还活着呀！身子还真是健壮。

我小心翼翼地不碰触脸，这样过了一个月，但疼痛仍持续了半年。被我捡起来的那块从脸上掉下来的部分已经腐烂、变黑，发出臭味。我一直把它放在身边。马厩的墙是用石头堆砌而成的，石头看上去像人脸。我有时会将那块从脸上掉下来的东西贴在某块石头上，任想象驰骋。我的脸从此凹了一块，伤口不再流出液体了。

伯母家的红发女孩有时来马厩，我们会在马厩里聊几句。她不像伯母或她的兄弟那样出手打我。她偶尔会带书来，留在马厩里便离去。是红发女孩教我识字的，我很快就能看懂书了。

红发女孩说：骗人，怎么可能那么容易看懂？

为了证明没说谎，我朗读书上的内容给她听。红发女孩非常讶异。

我背下了整本书。夜晚的马厩里没有照明。白天，我在从马厩墙缝透进来的阳光下偷偷地看书。红发女孩说，不能让人发现这些书。几乎所有的书，我只看一遍就背下来了。

红发女孩也教我数学，我学会了计算的方法。我读了里面有许多算式的书，后来我甚至能比红发女孩更懂得计算高等的数学。

你真的好聪明！

红发女孩对我说。

有一天，我正在马厩里看书，伯母走了进来。我来不及把书藏进稻草堆里。伯母将书拿起来，说书很贵重，不能随便乱摸，拿起棍子便打我。她觉得很不可思议，这里怎么会有书？

妈妈，不要打了！

红发女孩大叫着冲进马厩。

这个孩子很聪明，比哥哥他们更聪明呀！

伯母不相信。红发女孩便叫我当场背诵《圣经》中的一节。我照做了。

那又怎样！

伯母说着，狠狠地推了我一把。我摔进了马粪里。

那对兄弟长大之后，除了打猎需要时会过来牵马之外，再也不靠近马厩；红发女孩去了远方的寄宿学校，不再出现了。后来，伯母再也不拿剩饭来给我，伯父则将田地全部卖掉。

我仿佛被遗忘在马厩里，几乎不见任何人。我躲在稻草堆中活了好几年，他们好像以为我早已逃离马厩，不知去向。每天半夜，我坚持清理马粪。一俟有人靠近马厩，我便躲起来。马厩墙上一块块的石头就像一张张紧靠着的人脸，当然也有的看起来像手臂或脚跟。我总是盯着它们进入梦乡。

一天半夜，当我爬去倒剩饭的坑里吃东西时，被伯母发现。

哎呀，你还在啊！

她丢了一点钱在地上，要我拿了钱立刻离开。

我去了镇上。那里有高耸的建筑物，有许多人。人们只要和我对视，都显得非常惊恐，因为我的脸凹陷了一块。有人直盯着我瞧，也有人别过头去不想看。

伯母给的钱被抢走了。夜晚，我走在小巷里，几个男人靠近我，对我做了很残忍的事。我想，太接近城镇是不行的。于是我踏上远离城镇的路。这一路走了好多、好多年。

终于，我走进了森林，开始在那里生活。我过着远离人群的日子，因为我只要跟人接触，就会发生可怕的事情。我得盖间屋子才行。我想起了马厩的石墙，想盖一间和它一样的屋子。我徘徊在森林里，四处寻找像脸或手脚的石头。这座森林距离城镇很远，几乎找不到石头，四下里全是树木，地面是厚厚的树叶堆积而成的腐叶土。

我寻找石头的时候，在山路上碰到了一名青年。因为觉得人很可怕，我想，干脆杀了他。于是我杀了他。那青年的脸很像某个东西——马厩墙上的某块石头。我把青年搬进森林深处。我终于找到盖屋子的材料了。

2

我用人体盖屋子，以人体砌成屋子的墙。我为了收集他们而走出森林。

有个女人走在路上，是胸前抱着一只布袋的年轻女人。我躲进路旁的草丛里看着她。女人经过我的眼前，我站起身离开草丛，走到她背后。女人听到脚步声回头一看，她的尖叫声非常响亮。每个人看到我凹陷的脸不是发怒就是放声大叫。我掐住女人的脖子，她怀里的布袋掉到地上，里头的东西散落一地。袋子里装了蔬菜，掉出来的马铃薯砸中了我的脚尖。

颈骨轻易被折断，她的尖叫声也在那一瞬间消失。她睁大了双眼，直看着我，仿佛想看进我脸上的凹陷似的。我把女人拖进草丛，拾起掉落一地的东西带走。冰冷的女人会被我拿来盖屋子。我让她躺在冰冷的腐叶土上，打算用来填补屋墙。

有个男人在过桥，他戴着帽子，拉着板车。那是一座小小的木桥，河畔长满了茂盛的杂草，河面映着木桥的影子。我躲到桥边，等男人拉着板车从面前经过的瞬间，我跳上了板车。我没发出声音，一开始，男人并没有察觉到，但身后的板车突然变沉重，他觉得疑惑而回过头。我用手里握着的石头打破了他的头。男人哼都没哼一声便断气了。

我将男人放在板车上。看来他的工作是将水果运送到附近的城镇——板车上堆着木箱，上头烙有标示箱中物品是水果的文字。我连车带人一道运进了森林深处，将他和其他很多的人层层往上堆，做成屋墙。

盖屋子的材料是从各地收集而来的。在远离森林的城镇里收集"建材"最不易引起骚动。我每杀一个人，便藏于城镇的偏僻处。收集到一定的数量，再用板车运回森林深处。我用稻草遮住堆在板车上的人，入夜后，推着板车回森林。

请等一下。

某个深夜，在我推着载有屋子"建材"的板车回森林的路上，有人从身后叫住我，是个男人的声音。我立刻遮住自己凹陷的脸。万一被看见，又要发生讨厌的事了。

这么晚了，不要在外头乱逛。听说这一带最近有掳人魔出没。

男人提着灯，大约五十岁上下。他走近我，将手放在板车的边上，望着板车上堆叠的稻草对我说。

听说那个掳人魔不仅在邻镇出没，更远的城镇里也有他的足迹。那些被抓走的人现在不知道怎样了。听我孙子说，或许都被吃掉了。

男人的视线停留在裸露于稻草之间的、白皙的女人脚踝上。他好奇地伸手去摸，察觉到那是一条不折不扣、冷冰冰的人腿，吓了一大跳。我掐死男人，把他也堆到板车上。

森林里非常安静。这是一片除了树木还是树木的森林，树干宛如矿物，硬邦邦的。树叶因为寒冷而退了色，几乎落光了。我将一具具人体先排列在落叶上，再摆在屋墙所在的位置上。

我盖了一间四四方方、箱子般简单的屋子。屋墙以人堆成，完全没有缝隙。其中有男有女，有旅人也有村民。我将他们搬进森林之后，便脱掉他们身上的衣服。他们光着身体，全是白色的。

有的人以躺着的姿势被堆进墙里，有的人维持坐着的姿势；有的人以手抱膝，有的人把手环上了别人的颈项。屋墙并不算薄，因为担心如果只堆一层，强度不够，所以我特别多堆了数人份的厚度，一些地方还辅以木材作为支撑。小屋快要完成了。材料不够用时，我就外出寻找"建材"。屋墙逐渐增高。建材是白色的，所以这是一间小白屋。

寒冷的日子持续着。我靠着即将完工的屋墙入睡。有些人的行李里有食物，我便以那些食物充饥。等到人墙完成，下一步就是盖屋顶了。我在墙上架了很多根粗壮的树枝，把人铺在上面。这么一来，还能挡雪。

屋子完成了。寂静的森林中立着一间白色小屋。肌肤冰冷，泛着阴惨的白色。当沐浴在月光下时，屋子便仿佛罩上一层薄膜，闪烁着光泽。屋墙下方的承重人陷入了腐叶土之中。

这是一间能容一个人直立走入的简单屋子，整体构造只有入口、屋墙和屋顶，即使如此也能挡风挡雪。我进入屋子，双手抱膝坐下。环顾四周，皆是一张张紧靠着的人脸。屋墙里的人以复杂的姿势一个接一个地堆着，不论哪一个都睁眼看着我，跟马厩的墙很像。墙里的女人垂着长发，遮住了堆在下方的人的脸。

我在屋子里生活，日子过得非常平静。森林里连鸟都没有，只有我的小白屋。不论哪一张脸都睁眼看着我。

墙里的人以复杂的姿势交缠。一个男人弯着手肘，紧邻着的人则配合他手肘的弯度，扭曲着身体；一个直立于地面的男孩以头部支撑着他上方的男女。人们以手脚复杂交缠的模样宛如大群的蛇被驱集到一处，痛苦地翻滚着，我在他们的环伺之下抱膝入睡。寒冷的夜晚持续着。

我经常想起伯母家的事。一闭上眼，那间马厩便会浮现。我想起了红发女孩，也时常想起和父母一起居住时的屋子。我们家并不富有。冬天，父亲在又冷又硬的田里挥锄耕田，母亲则双手通红地在旁边帮忙。父母出意外的那天是一个雨天。伯母告诉我，因路过的马车翻倒，我的父母不幸被卷入车祸而丧生。

伯母收留了我，让我住在马厩里。我绝不能进他们的主屋。马厩里，因为马粪堆积，始终弥漫着臭味。墙的下半部以圆石头堆砌而成，看上去就像 张张紧靠着的人脸。

我在森林里过了好一段时日。一天，一名少女来到小白屋。

3

我正在屋子里思考事情，突然听见踩在落叶上的脚步声，知道有人找到了这间森林深处的屋子。苍白的太阳在灰色的天空中闪耀，阳光射进小屋入口处，照亮了屋内。忽然，入口处被一个小小的身影遮住。我抬起头，看见少女手扶着入口站在那儿。

她还是个孩子，一脸的惊恐。身上的衣服是接近黑色的深蓝色，肌肤透出不健康的惨白，嘴唇发紫。她这副模样看起来并不是由于饥饿或寒冷，而是因为不安。

你住在这里吗？

少女以颤抖的声音问我。她缩着脖子，双手紧握在胸前。

这是用人盖起来的屋子呢。

她抬头望向堆叠起来的白色人体，沿着小屋的外墙走着。我跟在她身后。她回头一看，惊讶地说道：

我仔细看才发现……你的脸上有个洞……

她很担心似的，靠近我的脸。

你脸上的洞，大得好像小鸟迟早会在里面筑巢哪……里面好暗，我看不清楚。

少女似乎很在意我脸上的凹陷。

是你把大家抓走的吗？

少女非常紧张，好像随时会昏厥。

我一直觉得，抓走我弟弟的人就在森林深处。喂，拜托你把弟弟还给我，我是为了找弟弟才到这儿来的。

少女眼看就要掉下泪来。她望向以人堆成的墙壁，白色的人体层层堆叠。寒冷森林里，苍白阳光下，墙壁仿佛发出磷光。

我想，我弟弟一定在这里面。我弟弟有一张聪明的脸，是个长得很可爱的男孩。

有一张聪明脸的男孩被嵌在屋内深处的墙里。他直立于地面，以头部支撑上方的人。我带少女走进屋，她一看到直立男孩的脸，立刻喊出弟弟的名字，声音回荡在寂静的森林里。少女抓住弟弟的肩膀想把他抽出来，我制止了她。要是那孩子被拖出来，这间以人盖成的屋子一定会垮掉。

可是我无论如何都想让弟弟回家呀。

少女哭了出来。

我爸爸疼爱弟弟更胜于我，他总是露出很恐怖的表情打我。自从弟弟不见了，爸爸一直很伤心，他原本期待着等妈妈回来和弟弟一起吃饭。妈妈现在出差去了国外，我想在她回来之前把弟弟带回家。拜托你把弟弟还给我，好不好？

少女跪在枯叶上恳求我。要是把男孩抽出来，屋子就会垮掉。我拒绝了她的请求。哭得双眼红肿的少女说道：

不然，让我代替弟弟吧？

把男孩从墙里抽出来的时候必须有东西支撑住墙体，少女一瞬间便钻进原本嵌着男孩的地方了。被我当成墙壁"建材"的男孩仍保持直立不动的姿势直接倒在地上，少女以和弟弟一模一样的姿势不偏不倚地嵌进原来的空隙。只有她仍穿着衣服，在白色人体之中，那是唯一的颜色。

求求你，带我弟弟回家……

少女似乎很难受，跟我说明如何去她家。我立刻记住了。

你记东西好快呢……

仍嵌在人墙里的少女露出了惊讶的表情。我将男孩搬到屋外，假装要送他回家，离开了小屋。我将男孩顺手扔在离小屋不远的地方,然后在他身旁坐下,抱膝监视小屋的入口。我没打算送男孩回家。我在想,少女可能会趁我不在家,偷偷地爬出墙壁逃走吧!

然而等了好一会儿,少女并没有走出来。就这样,一天过去了,这段时间已经足够从这儿往返少女家了。我佯装已将男孩送回家,回到了小屋。少女仍嵌在墙里,维持原本的姿势,一动也没动。

啊,谢谢你送我弟弟回去。爸爸一定会很高兴,妈妈回国后也不会难过。

少女开心地这么说着,流下了眼泪。嵌入白色人墙的少女,直挺挺地以头部支撑着上方的人。

我开始了与少女两个人的生活。少女很健谈,小屋里充满了她的声音。墙中的人仍旧睁着眼睛,垫在下方的人体日渐变形。

一开始,少女总是小心翼翼地说话,后来渐渐有了笑容。在寂静森林里的这间寒冷小白屋里,少女的笑容散发着光芒。

哎,你脸上的洞是怎么回事?

少女问。于是我告诉她伯母家发生的事。

你好可怜……

少女为我流下了同情的泪水。她说她也常被父亲打,每到那时候,她总会逃进马厩躲起来。她皱着眉头说,马厩里的马粪一直散发出恶臭。

这间屋子虽然臭,但马厩里才是臭得不得了。

我每天都讲故事给少女听。我从未忘记在伯母家读过的那些书。

真是不可思议的日子。在此之前，我独自在睁着眼睛的脸的包围之中，抱紧双膝度过每一天。当时的恐惧如今已渐渐淡去，无声的宁静填满了我的内心。

4

少女以直立的姿势睡着了。几天下来，她的话越来越少，脸色也越见苍白，渐渐变成和周围的人一样的颜色。我想她即将因为寒冷与饥饿而死去。

讲点什么给我听吧？

少女说。于是我背诵从前记下来的书。

终于，少女停止了眨眼，双眼就这么睁着，脸上浮现温柔的微笑。

少女的身体变矮了。我知道她主要是被头顶的人体的重量一点一点地压矮的。再者，她只比她弟弟高一点点。当少女的脸色也成了寒冷的白色之后，小屋里的色彩只剩下她那件衣服的深蓝色。我在屋里抱着膝，一动也不动。在失去说话对象的此刻，声音已经没有存在的必要。这间由人堆起来的屋子又恢复原先的死寂。我感到很遗憾。

我站起来，决定前往少女的家。我还没有完成和她的约定。我得把她的弟弟送回家才行。

男孩仍躺在小屋旁。那个地方晒得到太阳，尸体已开始腐烂，一抱起，便轻柔地粉碎了。我也想送少女回家，因为她如此深爱着父母。

我毫不犹豫地将少女从墙里抽出来。我抓住她单薄的肩膀一扯，屋子便开始倾斜。就在我抱着她踏出入口的一瞬间，以人体堆成的白色屋子便崩塌了。被我盖成墙和屋顶的人体堆成了一座山，剧烈的冲击使得他们失去了原本的形状，共同组成一个巨大的形体。

树干林立如柱、无边无际的寒冷森林中，有一座安静的肉山。被当成"建材"的旅人的行李中有一只大木箱，里面原本塞满了水果，箱盖上烙有标示箱中物品是水果的文字。我找出那只木箱，把少女放进去，把男孩也塞进去。蜷曲着的少女与木箱之间的空隙，由弟弟填满。我盖上箱盖，抱起木箱，前往少女的家。

走了大约半天的时间，我抵达少女的家的所在。只要穿过一座小村庄，就能看见位于山坡上的他们的家。我敲了敲门，没人应答。我打算将装有姐弟俩的木箱留在玄关离去。

正要离开时，我发现对面走来一个女人。女人抱着一只大皮箱，正朝少女家走来。我感觉那是少女出差回国的母亲。

我于是站在少女家门口，等着女人走过来。终于，女人在家门前停下脚步，露出满面笑容。

啊，神哪，感谢你。

女人将双手环上我的肩。

你还活着呀。你的脸没变，还是被马踢到时的模样。我听说你离开我家失去了踪影，一直很担心呢。

女人有一头红发。对了，你回我家工作吧。我很久没回来了，真想赶快和孩子们见面哪。女人低头望了望门前的木箱，原本想打开箱盖，却突然停了手。

好臭，里面的水果好像已经烂掉了。你可以帮我把它丢到肥料山去吗？

女人指着箱子说完，便走进屋内。我抱着箱子走向马厩后面的肥料山。那是我童年时见过的肥料山，一点儿没变。我将少女和男孩埋进了马粪。我走进马厩，一切和以前一模一样，一点儿没变。我把身子贴近角落，沉入了梦乡。

衣橱

1

"大嫂，你总算来了。之前在电话里提的那件事，我想跟你私下聊聊。进我房里谈吧。"

龙司打开房门，对美纪说道。龙司的房间位于离屋，房门外就是庭院。夜晚的冷空气蹿进房间，室温下降了一些。

美纪走进门。她披着薄外套，在十一月的冷空气里从车站步行过来，看样子刚到。她把右手提着的红色大旅行箱放在地上。

"我连主屋那边还没踏进去呢，真想休息一下。你们这房子盖在山丘上，爬坡上来，我的腿快报废了。"

"这旅行箱真大，你真的打算搬来这栋旧房子住？我是无所谓的，爸妈会很高兴。你不讨厌跟丈夫的双亲一起住？"

美纪用脚尖轻轻地踢了一下地上的大旅行箱。

"我本来打算把行李放到一郎的房里之后，再来找你。"

她瞅着龙司，眼神仿佛看着一只肮脏的动物。她的左手紧紧地握在胸前，这是她觉得不安时的习惯。龙司笑了笑，让美纪在沙发上坐下。

"我很快就谈完，毕竟已经是晚上九点了嘛。"龙司说。这时，时钟响起报时声,响了九下。"我等一下还得去找个朋友。大嫂是第二次来我们家吗?"

"如果加上婚礼那次,是第三次。"

"大哥没给你添麻烦吧?"

龙司走到房门旁。他的个头小,走起路来,步幅也小。

"为什么锁门?"

"习惯了。这个房间和那个储藏间里有很多重要的东西,所以我的房门总是上锁。"

"不过,你的房间真脏啊,跟台风过境一样。"

美纪环视整个房间。房间很大,却很乱。木地板上满是衣服、杂志之类的东西,角落里放了一张生锈的铁床。此外还有一张木质书桌和一把木椅,桌上有一台老旧的打字机,周围的书本堆积如山。

"你就在这里写作?"

"嗯,是啊。"

房间中央有一组皮沙发,沙发椅背上披满了脱下来随手扔的衣服。沙发围着一张矮桌,桌上有两杯喝了一半便搁置的咖啡。杯中不再冒出热气,咖啡都已经冷掉。

"那扇门的后面就是储藏间?"

美纪指着靠床一侧墙上的那扇门问道。

"是啊。暂时不用的东西全塞到里面了,比如我的书,还有大哥的画。要看吗？里面的空间大得可以住人。"

美纪摇头说不必了。

房间里只有一扇窗户，是关上的。龙司没拉窗帘，夜晚的玻璃窗像一面大镜子，映出美纪的身影。

"这只衣橱和一郎房间里的一样吗？都是这种拉门上饰有植物雕刻的双扇式衣橱，我在主屋那边一郎的房间里见过，有印象。"

"曾祖母当年买了这对衣橱给我和大哥。这只衣橱可以上锁，只是那锁有时候不大好用。"

"不过，总觉得有点恐怖，简直像一只巨大的黑箱子。冬美的房间里也有吗？"

"没有。冬美出生的时候，曾祖母已经过世了。"

这个家里有两个儿子和一个女儿，如今只有次男龙司和双亲在这儿生活。龙司是一名小说家。

"一郎呢？他应该比我早一天到。"

"他说要去散步。真可惜，一个小时前，他还在这儿，刚好和大嫂错过了。我在储藏间里看书的时候他就不见了。储藏间比这个房间干净，我在那里面更看得进去书。我不知道大哥是什么时候不见的。直到刚才，连房门都忘了上锁呢。"

龙司神经质地一边咬着指甲一边确认门确实上了锁。他打开音响播放音乐，接着在美纪的对面坐下。从木质喇叭中流泻出音乐，音量有点大，但龙司并不在意。房间位于离屋，稍微吵一点也不会

有家人抱怨。美纪似乎有些犹豫,视线在空中游移了一会儿,开口问道:

"龙司,你在电话里说的是真的吗?你见到了栞?"

"一个月前,我接受某出版社的采访,当时来采访我的人就是她。那时候我还不知道她是大嫂从前的朋友,认识了大概一个星期之后,我才得知她是大嫂的大学同学。听说你们从前是很要好的朋友?不过当她得知你是我大嫂的时候,却吓得脸色发青。"

龙司窥探着美纪的表情。美纪只是沉默不语。

"我问了她理由,她不肯告诉我。不过后来我还是知道了,是跟她一道去店里喝酒时知道的。"

"她喝醉酒说了什么?"

"她趴在桌上,像做噩梦似的说起那桩车祸。"

美纪叹了口气,站起身。

"听说你们开车撞了骑自行车的初中生?你放心,我不会告诉任何人说你们撞人之后逃逸的。"

"我们当时根本没想到那孩子会死掉,以为只是轻伤。"

"第二天,你看了报纸得知那孩子死掉的时候,心里是怎么想的?是罪恶感缠身还是感到恐惧、后悔?那之后一直害怕警察的大嫂你,接下来的人生究竟是怎么度过的?"

龙司从沙发上站起身,看着美纪,热切的眼神简直就像个发现宝藏的孩子。

"来吧,全都告诉我,如何?"

"你打算告诉一郎吗?"

"怎么可能?你什么都不懂,我可是作家!我要把大嫂你一直以来深藏的秘密和苦恼升华成为艺术啊!"

龙司双手扭曲如鹰爪,仿佛竭尽全力地大声喊道。接着,他大大地喘了口气,疲倦地坐回沙发上。

"当然,你不用急着现在答复我。"

美纪走近音响,转动扬声器的音量钮,从喇叭中流泻出来的音乐越发大声了。

"你还没告诉别人吧?"

"我很想讲给别人听啊。"

"我可不希望你告诉任何人。"

美纪拿起置物架上摆饰的石头烟灰缸,刚好是用来砸死小说家的最佳尺寸。龙司深深地坐在沙发里,背对着美纪。

"一郎还不知道这件事,对吧……"

"这个嘛。不过大哥那种人,就算知道了也不会跟你离婚吧……再说你到底是看上了大哥哪一点?他的脑袋有点奇怪。"

美纪把烟灰缸放回原位。

"你说他怎么奇怪?"

"就是他那变态的个性!所以他的画才会受欢迎吧?我很怕大哥的画……你去看看放在储藏间里的那些画……"

美纪转身正要朝储藏间的门走去，龙司突然笑起来。

"杀人凶手和变态组成了夫妻档吗？还真是绝配啊……"

"是啊。"

三分钟后。

烟灰缸从美纪的手中滑落，掉在地上发出沉重的声响。烟灰缸上沾了血。被烟灰缸从背后击中头部的龙司仍坐在沙发上，上半身由于重力作用而向前方瘫倒。美纪提心吊胆地在龙司身后拉了一下他的肩膀，龙司的上半身便向后靠回沙发椅背，仰着的颈项露出了喉结。确认龙司断气之后，为了平复慌乱的呼吸，美纪深吸了一口气。她将一双手掌摊在眼前，不可思议地望着颤抖的十根手指。

突然，传来敲门声，像是为了剥蛋壳而轻敲鸡蛋的细微声响。美纪停下动作，盯着房门。

"龙司，在吗？你在吧？在房间外面都听到音乐了。龙司，编辑部的人打电话找你哦。"

是这个家里的母亲的声音。美纪没应声，转头看向喇叭，音乐声仍大声流泻着。

"龙司，快开门哪。"

外面的人转动门把，似乎想开门进来，但门被房间的主人在生前上了锁。婆婆终于放弃，转身离去。美纪不禁叹了口气，脸上的表情却非常僵硬。她关掉音响，双手贴在额上，摇了摇头。

"怎么会变成这样……"

她看着尸体。

"这下怎么办嘛!"

因为不能大声嚷嚷,她的声音只是沙哑的低喃。

"总之,得把他从这儿弄出去……"

但又能把这具尸体搬到哪里去?

"先暂时藏起来吧。"

她环顾着散乱堆置了各种物品的房间。房间里有许多脱下来随手乱扔的衣物,为了留出一条行走的通道,衣物都被集中扔在房间的各个角落。

美纪的视线停留在衣橱上。

"黑色的木衣橱……大小正好适合装小说家的尸体啊……"

她走近衣橱,打算打开看看,却打不开。她想起龙司说他连衣橱都会上锁,看见衣橱的金色把手下方有个金色锁孔。

美纪搜了一下龙司的身上,从口袋里找出好几把钥匙,其中有一把金色的,造型粗糙,略带古风。

"这把一定就是衣橱的钥匙了。"

她将钥匙插入锁孔,转动钥匙。

十分钟后。

美纪将龙司的尸体藏好了。他个子小,很容易处理。但是选中的藏尸之处被衣物塞得满满的,为了腾出足以容纳龙司的空间,必须把占据相等空间的衣物清出来,堆到房间的角落里。

走出房间之前,美纪回头看了一眼角落里堆成山的衣物。她不安地咬住下唇,左手紧紧地握在胸前。

她关上房门,锁上的声响回荡在四周。美纪将龙司口袋里所有的钥匙带走,其中也包括他房间的钥匙。房间里只剩下藏有世间之人的衣橱。

2

第二天早上,餐桌旁。

美纪坐在桌旁。从窗户望出去,天空被厚厚的云层覆盖,灰蒙蒙的,感觉似乎天还没亮。即使开了灯,也无法照亮屋内,怎么赶都赶不走的小飞蚁萦绕在四周。

气温比昨天又低了一些,美纪缩起肩膀发着抖。大概因为房子旧,有些缝隙似乎会漏风进来。只要有人在屋内走动,木地板便发出难听的摩擦声。

"妈,我来帮忙。"

"不用了,你去坐着吧。"

美纪听婆婆的话,坐回椅子上,望着端过来的饭菜。

"大嫂。"

美纪转头一看,唤她的是坐在身旁的冬美。

"大嫂，你昨天是几点到的？我完全没发现呢。来我们家的路很暗，你没迷路吧？这一带的森林这么广，又没有路灯，会不会觉得自己很像小红帽呀？"

冬美的唇边浮起了微笑。她的肌肤是很不健康的惨白色，越发显得嘴唇血色鲜红。

"就是说嘛，我一直很担心大灰狼会来偷袭我呢。"

"哎呀，大嫂，童话里大灰狼袭击小红帽的地方是她长途跋涉之后抵达的外婆家。所以恐怖的不是森林，而是家。"

"说得也是。"

冬美以细长的手指戳了戳餐桌上的盘子。她的手指白皙到了病态的程度，不禁让人怀疑血液是否真的流经她手指上的血管。

"大嫂，要不要帮你拿件毛衣？刚才就觉得你好像很冷。"

美纪只穿着薄上衣。

"真不好意思，我不是没有带替换衣物，只是低估了这里的气温。"

"没想到才过了一个晚上就冷成这样吧？"

冬美转头看向陈旧的暖炉。那是一只布满了铁锈的大暖炉，一个人简直无法搬动。暖炉上坐着一只表面有好几处凹陷的水壶，此刻水壶中正缓缓地冒出白烟。窗玻璃上凝结了大量水珠。冬美叹了口气。

"龙司哥哥好慢哦。大家都到齐了，就缺他一个。我去叫他。"

美纪拉住打算起身的冬美。

"我刚刚过来餐厅的时候顺道敲了敲他的房门,但门是锁着的。他大概还在睡,别吵他比较好。昨天晚上,他一定弄到很晚吧?"

一口气讲了一连串谎话。

"对了,他昨天的确说晚上要和朋友见面,所以睡到这么晚?还是根本没回来?龙司哥哥的房门老是锁着,搞不清楚他到底在不在。"

一家人共进早餐,除了次男龙司,全员到齐。安静用餐期间,客厅传来电话铃声。婆婆起身离开餐桌,几分钟后走回来。

"妈,谁打来的?"冬美问。

"龙司的朋友,问龙司昨天晚上为什么没出现,他很担心。我说龙司好像还在睡,对方说晚点再打来。"

"龙司哥哥根本没出去玩?该不会出了意外吧?"冬美意兴阑珊地边吃边说,"说不定这个时候他已经死了,出车祸之类的。"

"怎么这么说……"美纪停下了筷子。

冬美歪头盯着她瞧。

"有什么问题吗?"

"没事……"

"我去他房间看一下。"

"爸,不用替他操那么多心。"

冬美虽然试图留住这个家的父亲,但餐桌旁还是又空了一个位置。

"爸说去看一下,可那门锁怎么办?"

听到美纪嘟囔,冬美回答她说:

"爸应该有备用钥匙。这个家所有的备用钥匙都由爸负责保管。"

"这样啊……"

"啊,爸回来了。龙司哥哥呢?在吗?"

"不在。我连储藏间都找过了,没半个人影。不过他房里还是老样子,乱成一团啊,衣服都堆到房间角落里去了。明明有衣橱,怎么不把衣服收进去呢?"

两小时后。

美纪进入龙司的房间,把门锁上,在房间里不用钥匙也能上锁。她环顾四周,房内和昨晚她离开时一模一样,仍是乱七八糟的。

她走近龙司坐过的那张沙发,闭上眼睛,手指按压着额头,仿佛在告诉自己这一切都是噩梦。深呼吸之后,她睁开眼睛,仔仔细细地检查沙发周围。

桌面上沾到了一点一点、飞溅的血迹,看来公公进房间的时候没留意到。沾了血迹的地方只有这里。出乎意外地,龙司并没有流太多血。美纪用指甲抠了抠,一滴干掉的血迹便抠了下来。正想继续抠下其他血迹时,有人敲门了。

"大嫂,你在里面吗?我看到你进去了,我也要进来。"

是冬美。美纪犹豫了一会儿,捡起龙司掉在一旁的衬衫遮住桌面上的红色斑点。这样可以先挡一下。打开门,冬美走了进来,一径环顾着室内。

"只有你一个人哪,我还以为龙司哥哥回来了呢。大嫂,你进这房间有什么事吗?"

"一郎说,想看龙司的书,我来帮他借书。"

"是哦。一郎哥哥呢?"

"好像去散步了,他说吃午饭的时候回来。"

美纪走向龙司放书的储藏间。刚才那番说辞,冬美似乎没起疑。

"一郎哥哥经常跟我说起大嫂的事。因为他说得实在太详细了,所以你们结婚前,我第一次见到大嫂时,一点儿也不觉得是第一次见面呢。"

"你这么说,真是不好意思。"

"听说你娘家很有钱啊,我好羡慕令尊是医生哦。"

"没那回事。我父亲只是很普通的小诊所医生,家境也只是小康而已。"

"一郎哥哥很爱干净,大嫂你整理家务特别辛苦吧?可是你看,龙司哥哥的房间却是这副模样,所以他结不了婚。既然进来了,我就帮他整理一下吧!"

冬美抓起堆在房间角落里的衣物,能抱多少就抱多少,一口气搬到衣橱前。

"等一等!冬美!"美纪走出储藏间叫住冬美。

她追上冬美,将她抱着的衣物拿走。

"大嫂,怎么了?只要通通塞进衣橱,房间里看起来就会干净得多……"

"可是那只衣橱打不开,它的锁坏了。不,是锁住了,所以打不开。一定是锁住了。"

美纪的声调高起来。冬美微微皱起眉头,用惨白的手指拉了拉衣橱的门把。

"咦?真的像大嫂说的,打不开。龙司哥哥一定连钥匙一并带出门了,亏我还想帮他整理呢。"

冬美说完,一把抓起桌上龙司的衬衫,丢到房间的角落里。

"居然扔在这种地方,真是的。"

桌面上的红色斑点刺目地暴露出来。

"大嫂,你怎么了?脸色好难看。"

冬美没留意到血迹。美纪把抢回来的衣物堆回角落。

"没事。走了,我们出去吧。"美纪说。

趁冬美还没发现血斑,美纪赶紧拉她离开了房间。十分钟后,她又回来处理掉血迹,顺便进储藏间拿走了一本书。

ZOO 229

时钟响起正午的钟声，美纪来到餐桌旁。除了她和龙司，大家都早就在餐桌旁坐定了。

美纪看到冬美和婆婆母女俩紧靠着说话，不知在商量什么事，便停下了脚步。

"怎么了？"

"大嫂，你看，信箱里放着这封奇怪的信。"

美纪走过去，接过冬美递来的白色信纸，看完，不禁脸色发青。

"那张白纸上打了字哦，写着：'荻岛龙司　被杀了　在　自己　的　房间　里　被人打死了'。"

冬美双手环抱在胸前，站起了身。

"到底是谁写的？妈，你跟外人说了龙司哥哥不在家吗？还是把信丢进信箱的这个人一直在监视我们家？居然写'被杀了'，真是太变态了。"

美纪似乎觉得很恶心，把信纸放到桌上。

"真让人不舒服啊。"

冬美将惨白如死人般的手搭在美纪的肩上。这一瞬间，仿佛被冰块抵在自己的脖子上，美纪的肩膀颤抖了一下。

"这封信没贴邮票，看来是直接丢进信箱的。哥哥在房间里被杀……龙司哥哥的房间在一楼的离屋，所以凶手的确有可能进入他房间而不被家里人发觉。对了，大嫂，待会儿我们俩私下聊聊吧？就我们俩，在哪里聊都可以。这样吧，不如就在你房间里，也就是一郎哥哥的房间。我们约在一小时后，可以吧？"

3

一小时后。

冬美走进房间，迅速打量室内一圈。

"我很久没来一郎哥哥的房间了。这里跟龙司哥哥的房间一样，也有一只很大的黑色木衣橱呢。我小时候很羡慕他们有这样的衣橱。"

"不好意思，房间里这么乱。"

衣物和旅行箱都堆在房间的角落里。

"跟龙司哥哥的房间比起来，这里干净得太多了。不用在意。"

冬美看了好一会儿挂在房间里的画，终于拉了一把椅子坐下来。她从口袋里掏出方才在餐桌边拿给美纪看的白色信纸。

"写这封信的人不知道是不是认真的，说龙司哥哥被杀……"

"这封信真的是在信箱里发现的吗？"

"你是说，是我自己写的？"

"不，我不是这个意思……"

"真的是放在信箱里的，是我发现的。不过比起这个，有件事更有趣。昨天晚上，编辑部打电话来找龙司哥哥，妈妈在昨晚九点多去敲他的房门。当时房门是上锁的,没有人应门,但房间里传出音乐声。你觉得呢?"

"我觉得?什么意思?"

"信上写着'在自己的房间里被人打死了',对吧?我是这么想的:妈妈敲门的时候,龙司哥哥其实在房间里。虽然没有证据,但是难道会有人开着音响出门吗?"

冬美站起身,在房间里来回踱步。

"假设那封信上写的是真的,那么凶手杀了龙司哥哥之后,应该没关音乐就扛着尸体离开了房间。一郎哥哥说他到昨天晚上八点为止都待在龙司哥哥的房间里,两个人聊了一下,他就离开了。因此就我所调查到的,最后一个看到龙司哥哥的人应该是一郎哥哥。"

"你是想说一郎是凶手吗?"

"不是。我只是很在意龙司哥哥习惯锁房门这件事。想突然闯进他房间杀了他,可不是件容易的事。首先得破坏门锁,才进得了他的房间。但是据一郎哥哥说,他没跟龙司哥哥打招呼就离开了,所以不知道自己离开之后龙司哥哥有没有把门锁上。也就是说,从一郎哥哥离开的晚上八点到妈妈去敲门的九点多之间,可能那个房间是没上锁的。这样一来,不就谁都可以自由进出了吗?大嫂,你今天上午不是进了龙司哥哥的房间吗?记得你说是要去那边帮一郎哥哥借小说。然后你和我一起走出房间。过了十多分钟,你想起借书的事,又折回龙司哥哥的房里,对吧?"

美纪点头。那时候她把桌上的血迹处理掉了。

"你从储藏间拿出来的书在哪里？我很想知道大嫂挑了什么书。龙司哥哥的书，有好看的，也有难看的哦。"

"那本书……奇怪，我放哪儿去了？"

"怎么了？不见了？"

"不，我真的带回房里了。对，我记得放进衣橱了。"

美纪走到衣橱旁，摸索着口袋。这件和龙司房里那件一样古老的家具果然也是上了锁的。美纪掏出古色古香的金色钥匙插入锁孔，转动。

"怎么了？"

因为美纪老半天打不开衣橱门，冬美便问道。

"没事，只是……这只衣橱的锁好像坏了。明明锁已经开了，门却拉不开。"

美纪用手指钩住门把，试着拉开门，却拉不开。

"该不会……"

冬美欲言又止。她双眼圆睁，像目睹了可怕的杀人场面。

"怎么了？"

"没事……"

冬美站起身，然后像躲避美纪似的，逃离了房间。这天晚上，美纪仍没能处理龙司的尸体。

龙司死后的第二天早上，早餐的餐桌上，这个家的成员几乎到齐了。美纪从冬美那里得知，今天早上收到第二封信。没有寄信人的名字，和昨天一样直接丢进信箱。

"龙司　是　被人　用烟灰缸　杀死的"

信纸上排列着用打字机打出的字。

吃完饭，美纪夫妇一道走回房间。途中经过走廊，发现冬美拿着望远镜站在二楼的走廊上，似乎正观察着窗外。

"你在看什么？"

美纪好奇地走近冬美。冬美竖起食指，靠近唇边，示意她不要出声。

"我正在找送那封信来的人。我想对方一定就在附近监视着这栋房子。"

她一脸认真地说道，视线没离开望远镜。

窗外仿佛随时会下雨的云与暗淡的森林无限地延伸着，刺骨的冷风拂动着美纪的长发。她摩挲着冻得发红的鼻子下方，眼泪都快掉下了。

"冬美，你把那封信当真了。"

"我也不是完全信以为真呀。如果以饼图来表示，大概是一百二十度吧。"

"不过，写那封信的人为什么知道龙司是在房间里被杀的？居然连凶器是烟灰缸这种事都……"

"龙司哥哥的房间不是有窗户吗？透过那扇窗户，一定看得到房里。寄信人在黑暗的森林里走着，看到了亮着灯的窗户，那是一扇盖在山丘上的老房子离屋的窗户。当他有意无意地望向那扇窗户的时候，看到一个男人被人用烟灰缸杀死……这一连串的画面简直就在我眼前上演。对了，大嫂，你会不会也觉得有时候身边好像有一道可恶的视线？总觉得好像一直被监视着……"

"视线？"

美纪摇摇头。

"是嘛……一定是我多心了吧？"

"冬美，我在想，写那封信的人会不会就是家里的某个人？"

"家里的某个人？"

"对，而且我觉得，杀了龙司的凶手正是那个写信的人。当然，这是假设龙司已经被杀了。"

冬美笑起来。

"我觉得跟大嫂应该可以合作愉快呢。但问题是，那名真凶为什么要写信来揭发自己的罪行？再说，根据大嫂的猜测，杀害龙司哥哥的人就在这个家里啊。"

美纪仿佛无话可说，沉默了。或许是不知该如何解释，或许是觉得困惑。以她目前的处境，实在空虚得不可思议。一滴汗浮现在她白皙的额头。

"大嫂，我虽然不知道写那封信的人是谁，但我大概知道是谁杀了龙司哥哥哦。"冬美把脸凑近美纪,微笑着说,"你也知道吧?"

午餐时间。

大家围着餐桌谈起那封信。

"真令人不舒服,我想还是报警吧。"

"妈,报警太夸张了,又没有出现尸体。"

"可是,信上说龙司被杀了……如果明天早上又收到信,我们就报警吧!"

"对了,爸,全家的备用钥匙都是由爸负责保管的,对吧?你那边有龙司哥哥衣橱的备用钥匙吗?"

冬美边问边瞄了美纪一眼,唇边露出浅笑。

"没有,衣橱本来就没有备用钥匙。对了,既然提到,就顺便讲一下。冬美后来搬出去住了,所以不知道这件事。其他房间的备用钥匙在半年前就全部弄丢了。"

美纪暗地里一惊,插嘴问道:

"所以,龙司房间的钥匙也不见了吗?"

"是啊,他的房间现在没有备用钥匙。我不小心弄丢了。"

"那么昨天早上,爸你既然没有备用钥匙,怎么知道龙司哥哥不在房间里?"

"那天早上,龙司的房间没有上锁,我是直接走进去,发现他不在呀。"

接下来好一段时间，美纪只是沉默地吃着饭。用完餐，她对冬美说：

"冬美，我有话对你说。两点，在龙司的房间里见，就我们俩，可以吧？"

冬美挑衅似的点了点头。

"刚好，我也有很重要的事要对大嫂说。"

4

一点五十八分。

离约定时间还有两分钟，美纪走进位于离屋的龙司的房间。和发生杀人事件那晚一样，她在沙发上坐下，偶或朝衣橱方向看几眼。十一月的气温很低，房间里没开暖气，每次呼吸吐出的气息都成了白色的雾气。

两点整，冬美出现了，后面跟着两名身穿绿色制服的男子。看到他们，美纪有些意外。

"这两位是？"

"他们俩是我的学弟，刚好在搬家公司打工。我跟他们说，今天有大型垃圾要处理，他们就来帮忙了。"

"大型垃圾？"

冬美点了点头。一名男子立刻走去衣橱那边，张开双臂测量衣橱的宽度；另一名男子则指着衣橱询问了冬美几句。

"对，没错，就是这个。麻烦你们帮我搬到卡车上。"

"你要做什么？"

冬美苍白的脸上露出了给自己壮胆的微笑。

"我借来的卡车正停在门口。我请他们把东西搬到车上去。"

两名男子抬起衣橱的两侧，其中一人对冬美说了些什么。

"什么？这衣橱很重？好像有人在里面那么重？对啊，没错，应该是这样吧。请你们小心地搬哦，不要太粗鲁，千万不要翻倒了，更不要倒栽葱翻倒哦。"

衣橱被搬到了房门外，两个女人也跟着走了出来。

"好了，这就是我想说的话。大嫂，你是凶手，对吧？你应该知道我在说什么吧？"

"你误会了！"

"我没有误会。你把一切经过老实地说出来吧！"

龙司的房间位于离屋，衣橱被搬出房门之后，几个人便来到了庭院中。前方不远处的空地上停着一辆小卡车。

"你把衣橱搬上车，要载去哪里？"

"如果我说要把它放在警察局门口，你觉得如何？"

衣橱大幅地摇晃了一下。

"请当心点儿搬！"

美纪猛地大喊。

"大嫂，你还记得我们昨天在一郎哥哥房里的谈话吗？你去开衣橱的时候,门却拉不开,你知道是为什么吗?"

"你认为是什么原因?"

"大嫂那时候说,是因为锁坏掉,所以打不开?"

"今天早上,我又检查了一遍,那把锁真的坏了,锁扣连同螺丝,整个都松脱了。"

美纪的说法听起来像是辩解,冬美哼笑了一声。

"但在昨天那个时候,锁一定还没坏。今天早上,锁之所以是坏的,是因为大嫂你发现了自己的失误,为了不露马脚,便真的把锁弄坏了。"

"我的失误?"

"你不可能还没发现吧?那个时候,你插进锁孔的钥匙并不是一郎哥哥房间里的衣橱钥匙,而是龙司哥哥房间里的吧?他们俩房间里的衣橱一模一样,钥匙也都是古色古香的金色钥匙。我小时候,两个哥哥都让我看过他们的钥匙,所以我知道。只不过,这两把钥匙虽然外表相似,但除了对应的锁,无法打开任何别的衣橱。"

那件关键的古老家具此刻正被两个男人扛着准备搬上车。高高抬起的衣橱前方,美纪和冬美面对面站着。

"当时大嫂没发现自己拿错了钥匙,拿着龙司哥哥衣橱的钥匙想打开一郎哥哥房间里的衣橱。那时,看你打不开衣橱,我心里就有一个模糊的想法。一定是受了那封信的影响吧,之后我一直在想,为什么大嫂手里会有龙司哥哥衣橱的钥匙呢?最后在我的想象中得出了一个非常恐怖的结论。"

两名男子用绳索将衣橱固定在卡车上。

"大嫂将某样东西藏进龙司哥哥的这件家具里,为了不被任何人发现,便锁上了衣橱。然后将龙司哥哥的房间钥匙和衣橱钥匙一并带走,之后一直收在自己的口袋里。"

冬美回头对两名男子说道:

"谢谢你们,帮了我的大忙。后面的,我自己来就可以了。"

冬美道谢后,两名男子点头致意,便默默离开了。衣橱的前方只剩下冬美和美纪。

"好了,现在只剩下我跟大嫂两个人了。"冬美双手环抱在胸前说道。

美纪却摇了摇头。

"不,是三个人。"

冬美像是冷不防被偷袭似的,有那么一瞬间,内心有所动摇,旋即换上无畏的笑容。

"你果然杀了龙司哥哥,然后将尸体藏在这里面,对吧?你打算在找到机会处理尸体之前,把尸体一直留在那个房间里,对吧?"

"不是我!你误会了!我承认,前天晚上我的确去了龙司的房间,但我并没有杀他!"

"我才不相信。"

"啊啊,气死我了!到底为什么会发生这种事嘛!那天晚上阴差阳错地被凶手成功逃走了,结果我就成了嫌疑最大的人!当然只能想办法藏好龙司的尸体啊!"

美纪大喊。

"那天晚上,龙司说要跟我聊以前的事情,要我去他房里。当时音乐开得有点大。龙司告诉我,储藏间里也放了一郎的画,我便走进去看,大概在那里面待了三分钟左右。等我走出储藏间,回到有沙发和衣橱的房间里,发现龙司的头被打破,人已经死了。"

"就是信上说的用烟灰缸砸的吗?"

"是啊。那个沾着血迹的烟灰缸就放在桌上,我一个不留神拿起烟灰缸,指纹就沾上去了。当时烟灰缸从我手上一滑,掉在地上,发出很大的声音……"

"你的意思是龙司哥哥在你去储藏间的这段时间里被杀?"

"因为音乐盖掉了很多声音,所以我没留意储藏间外头有异状。正当我站在尸体旁边不知道该怎么办的时候,妈妈突然来敲门,还试图打开门进来。但当时门是锁上的,妈妈打不开。"

"你说当时无法进入房间?如果相信大嫂你所说的……当然我还完全无法相信……如果你说的是真的,那么凶手就是握有龙司哥哥房间钥匙的人……那个人趁大嫂去储藏间的时候悄悄开门进入房间,拿烟灰缸打死哥哥后便离开房间,从外面将房门上了锁。这么做的人只能是凶手了。"

"但是房间的钥匙在龙司的口袋里。也就是说,凶手是握有备用钥匙的人。我本来是这么以为的。那个人把我跟尸体一起丢在房间里,我一想到这里就恨他,但我又不想报警……"美纪说到这里,沉默了。

冬美歪着头问:

"为什么?如果大嫂说的是真的,老实跟警方说不就好了?"

美纪双手掩面说道:

"这是惩罚啊。事到如今,跟警方那边更开不了口,我只能独自忍受着痛苦……这一定是神给我的惩罚,是神杀了龙司。然后为了让我痛苦不堪,便写了那种信……"

"大嫂,你还好吧?"

"对不起,我没事……总有一天,我会把理由告诉你……"

美纪哽咽地说。她双眼通红,却坚定地望着冬美。

"我们回到正题吧。当我听说爸爸握有备用钥匙的时候,一开始我是怀疑他的……"

"怀疑爸爸?……说得也是,我告诉过大嫂,爸爸手里有备用钥匙。可是爸爸半年前把备用钥匙弄丢了,这有没有可能是为了洗脱嫌疑而编的谎呢?总之,凶手想办法把备用钥匙弄到了手。"

"可是这么一来就说不通了。昨天早上左等右等,龙司都没出现,爸爸便去他房间叫他,对吧?但我前天晚上离开龙司房间的时候,用他口袋里的钥匙把房门锁上了,所以如果爸爸没有备用钥匙，是不可能开门进去确认房间里状况的。当然，直到今天早上，我都是这么想的，但是如果爸爸早就弄丢了备用钥匙……爸爸说昨天早上龙司的房门没锁，但我前天晚上的确锁上了，怎么会到了第二天早上就没锁了呢……"

"如果爸爸手上其实握有备用钥匙……不对，就算握有备用钥匙的人不是爸爸，为什么要在深更半夜把门锁打开？难道想趁半夜溜进龙司哥哥的房间消灭杀人证据，然后忘记上锁就离开……"

"有一个更简单的答案。也就是说，打从一开始根本就没有备用钥匙。备用钥匙被爸爸弄丢以后，直到现在仍遗落在某个无人知晓的地方。凶手打从一开始就没有备用钥匙。"

"什么？"

"我被龙司叫去的时候，凶手也在现场，在同一个房间里。然后他看准我进入储藏间的时机，杀掉了龙司，接着他并没有离开，而是仍旧躲在房间里。事情就是这么简单。"

"你是说，凶手一直留在房间里等大嫂离开？"

"没错。我离开房间的时候用龙司的钥匙锁上了房门，但凶手随后走出房门时无法锁门，就任由门锁开着。"

"可……可是……凶手躲在龙司哥哥房间的哪里？"

美纪默默地望向衣橱。冬美一开始还摸不着头绪，过了一会儿才终于明白似的说：

"啊？怎么可能！"

"那个房间里能躲的地方只有那里。那个人一直躲在里头,我进入储藏间他便出来,拿起置物架上的烟灰缸打死龙司,再躲回衣橱。凶手就是这么干的。"

"我一直以为是龙司哥哥的尸体被藏在里面。"

"我原本是打算这么做的,可是门怎么都拉不开。我把钥匙插进去转动,门却像被什么东西钩住似的拉不开。起初我以为是锁坏了,因为龙司说那把锁有时不大好用,所以我误以为他是说就算拿钥匙转开锁也拉不开门。但其实他的意思应该是就算用钥匙去锁也锁不上!那天晚上,有人为了让橱门无法打开,从衣橱里面用什么东西把门固定住了。我因为打不开衣橱,只好放弃将龙司藏在里面。后来我看了看四周,看到我提来的旅行箱。龙司的个头小,我突然想到,他应该塞得进旅行箱。"

"凶器也一起放进去了?"

"因为沾到了我的指纹嘛。不过旅行箱里装满了我的衣服,没有多余的空间,所以我把旅行箱里的衣服清出来。那些清出来的衣服就留在龙司的房间里了。"

"这么说来,那些女装全是大嫂的。"

"对啊,所以不能被发现,否则一定会引人怀疑嘛。我环顾整个房间,发现角落里积了一大堆衣服,就把我的衣服通通塞进去藏了起来。本来打算趁大家睡着之后去龙司的房间里拿衣服,但那天晚上没去成。"

"所以第二天早上明明很冷，你却穿了那么薄的衣服，是因为没有可以添的吧？那么你后来去龙司哥哥的房间并不是为了拿书，而是为了拿衣服？我打算把那堆乱扔在角落里的衣服塞进衣橱的时候，大嫂你连忙把我手里的衣服抱走了，对吧？那时候我就有点在意大嫂的举动。大嫂之所以那么慌张，是因为我抱着的衣物中有女装，也就是大嫂你的，对吧？"

"你抱的那堆衣物里夹杂了我的胸罩，正吊在那儿晃来晃去。"

"那么凶手究竟是谁？"

"我不知道。那天晚上，从一郎离开龙司的房间到我进去为止，那段时间里，房门好像是没上锁的。所以在那段空当里，谁都可以潜入龙司的房间。"

"等一等，大嫂，等一下。我跟你在一郎哥哥的房里谈话的时候，大嫂并没有弄错两只衣橱的钥匙？"

美纪点点头。

"所以我才以为锁坏了，但实际上根本没坏，当时那个人正躲在里面固定住衣橱的门。我把钥匙插入锁孔转动，虽然是想打开门，但这么一来反而把门锁上了，于是躲在衣橱里的人被锁在里头，得把锁弄坏才能出来。一郎衣橱的锁之所以突然坏掉，一定就是这个原因。那个凶手总是躲在衣橱里偷听我和你的对话……你看，衣橱的两扇门之间有一道小小的缝隙，对吧？那个人是把一只眼睛凑到缝隙上，一直盯着我俩看哪。"

冬美似乎明白了什么。

"对，一定是这样的。那个人一定不知道大嫂已经发现了这件事，所以今天大嫂才会故意在大家面前说有话要对我说，连地点和时间都指明了。"

"因为我想，这样一来，那个人一定会躲进衣橱。"

美纪伸出手掌拍了拍衣橱。

"藏在里面的不是尸体，而是那个人。那个想偷听我和冬美谈话的人一定在里面。"

砰！冬美拍了一下衣橱。

"真的在里面吗？在的话，就答应一声吧。从里面敲一敲、出个声也行。"

冬美和美纪环抱起胳臂，抬头望着被固定在卡车上的衣橱。接下来的几秒钟，四下里静谧无声。

砰！衣橱里传出了声音。两个人面面相觑。

"刚刚听到的是从衣橱里传出来的，没错吧？确实有人在里面敲衣橱发出了声音啊。"冬美惊讶地说道。

"是你杀了龙司吗？是，就敲衣橱的门两次；不是，就敲一次。"美纪发问。

敲了两次，代表肯定。

"寄信人是你吗？"冬美问。

肯定。

"你写那封信是想让尸体被发现,再陷害我是凶手吗?"美纪问。

否定。

"你是事先计划了杀人吗?"冬美问。

否定。

"是因为我的过去吗?"美纪似乎很痛苦地问道。

肯定。

"是龙司告诉你的?"美纪问。

肯定。

"你把知道我秘密的龙司杀了,是想进一步惩罚我吗?"美纪追问。

肯定。

"打开看看里面是谁吧!"冬美说。

于是她缓缓地拉开门,下一秒钟,便和满身大汗、瞪大眼睛透过衣橱门缝向外窥视的我对视。妹妹与妻子的脸上失去了血色,惨白如死人。

神的咒语

1

我的妈妈头脑很好。她从少女时代便开始读艰涩的书籍，后来上了有名的大学。她的性格也很好，积极参与各种义工活动，深受当地居民的喜爱。她总是抬头挺胸，站姿宛如冬季湖畔静静伫立的白鹤。在她不染一点尘埃的明净眼镜片下，是一对充满了知性的眼眸。

她唯一的缺点是分不清家猫和仙人掌。因此，前阵子她伸出双手将我们家养的猫一把抓起来种进花盆里，盖上土还浇了水；接着将仙人掌误以为猫，抱起来在脸上磨蹭，弄得脸颊血肉模糊。

爸爸和弟弟看不下去妈妈的诡异行为，皱着眉头问她为什么要这么做。聪明的妈妈只是打开猫罐头，放在一动也不动的仙人掌前面，对家人的问话充耳不闻。

这一切都是我的错。我很后悔自己干下的事。

我从小就在身边人的"你的声音真好听"等称赞声中成长，每年中元节或过年回妈妈的娘家时，平时几乎不见面的亲戚便会围着我。我其实很不擅长交际，但我总是笑着附和喝了酒的长辈说的话，佯装听得懂他们其实很难理解的乡音。

"你真是个讨人喜欢的孩子呢。"

每当舅妈这么说，我便露出笑脸给她看。然而实际上根本不是这样的，我的内心一直是冷淡而贫乏的，只是装装样子给别人看而已。亲戚们的话语从未温暖过我的心，也不曾令我感到愉快。岂止如此？因为实在太无趣，我很想当场逃走。但如果真那么做，名为"我"的这支股票就会马上暴跌，所以逃走更可怕。因此就算我心里想的是另一回事，却仍不得不装出很有兴致、讨人喜欢的模样听着亲戚们的谈话，无休止地附和着他们。

这种时候，我对自己的厌恶感总是填满了内心——仅仅为了被视为好孩子而露出空虚笑容的自己是多么肤浅。

"你的声音好清澈，简直像音乐一样呢。"

某个亲戚家的姐姐曾这么对我说。但听在我的耳朵里，只觉得既丑陋又扭曲，如动物伪装成人类在学说话。

我是在小学一年级的时候第一次有意识地使用了声音的力量。当时，教室旁的水泥地上摆满了大家上园艺课时种植的牵牛花盆栽。我的牵牛花长得很健康，绿色的藤蔓紧紧攀附着支撑木朝天空伸展，大片的叶子上，细毛带着清晨的露水接受阳光的照射，纤薄柔软的花瓣染上半透明的紫红色。

然而我种的牵牛花并不是全班最好的，更大、更美的牵牛花是另一个人种的。

坐在我前面第三个座位的是一名跑得很快的男同学，叫做祐一。他的个性很活泼，口齿伶俐，讲话时表情生动是他的最大特征。我常跟他说话，不过比起说话的内容，更引起我兴趣的是他的表情变化。我甚至觉得，他之所以在班上这么受欢迎，秘诀就在于他的表情。和他面对面时，我总是以观察的眼神望着他的脸。当然，那是因为我想学会他那充满活力、丰富生动的表情变化。

但他似乎并不是像我这样为了被视为可爱的小孩而有意识地做出那样的表情，这更证明了我自身个性的阴暗，令我悔恨不已。虽然我当时并没有察觉到，但对于祐一，我始终怀有一种不为人知的自卑感。

当祐一亲昵地向我搭讪时，我俏皮的回答总会让班上其他人发笑。祐一很喜欢这样，所以经常"喂，喂"地找我说话。然而我并不当他是朋友，只是露出虚伪的笑容，给予他意料之外的回应罢了。

祐一的牵牛花正是全班最大、最漂亮的。有一次，他的花被老师称赞，我顿时陷入可耻的情绪，住在我体内的某只肮脏动物仿佛即将穿过皮肤大叫出声。那只动物正是我的本性。

那天早上，我比平时早到学校，无人的教室里十分安静，我可以轻松地摘下脸上的面具。

我立刻找到祐一的花盆，它比其他牵牛花高出一个头。我蹲在花盆前，定睛凝视着即将绽放的花苞，接着将全身力气集中在腹中那块乌黑之处，开始念诵：

"枯死吧……烂光吧……"

我紧握双手，使尽全身力量发出声音。鼻子深处传来一股奇妙的异样感，等我发觉时，已经在流鼻血了。血滴落在水泥地上，留下好像喷溅的水彩颜料染上的红色斑点。

扑通。花茎断了，花蕾笔直像头掉下来一般滚落地上。几小时后，祐一的牵牛花开始枯萎、腐烂，慢慢变成灰暗的棕色。但祐一仍不肯丢掉它，牵牛花开始散发恶臭，吸引了坏虫前来，蛆在花盆里扭动。老师决定将这盆牵牛花丢掉，祐一难过地哭了出来。这也意味着我的牵牛花成了班上最美的。

但我的好心情只持续了几十分钟。之后，我变得无法正视牵牛花那片区域，即使有人称赞我的花，我也只想塞住耳朵。

从我对着祐一的花盆低声诅咒的那一瞬间开始，牵牛花就成了一面镜子，映照出在我内心潜藏的那只惨不忍睹的丑陋动物。

我无法清楚地解释为什么我的声音能让祐一的牵牛花突然枯萎。当时的我虽然只是小学一年级学生，却已经隐约察觉到自己的声音里隐藏着某种近乎魔法的力量。气得火冒三丈的孩子，只要我拼命安抚、说服，不知怎的，对方就能冷静下来；不服气的时候，只要我开口要求对方道歉，连大人也得向我这个小孩低头。

假设有一只蜻蜓停在大半没入草丛的栏杆上，普通人如果想捉住它，手一伸出去，它便会扇动半透明的翅膀逃走。但我只要开口对它下达一句"不准动"的命令，蜻蜓就会像昏死过去一般，就算扯掉它的翅膀或脚，它也绝对动都不动一下。

让牵牛花腐烂，是我第一次有意识地使用"咒语"。从此以后，我便时常对他者施加声音的力量。

小学高年级时，邻居养了一条狗，非常爱叫。那条狗总是将巨大的身体藏在门后，有人经过它家门前，它便放鞭炮似的狂吠。它会在身上的沉重狗链允许的范围内死命地朝猎物冲过去，即使链条已深深地嵌入脖子，它仍会冲着路人龇牙咧嘴。不知是不是因为患有皮肤病，它沾了泥土的身上有好几处掉了毛，然而眼瞳中仍燃烧着熊熊斗志。这条狗在附近的孩子圈中十分有名，大家经常拿敢靠它多近作为衡量勇敢程度的指标。

有一天，我站在门外望着那条狗。它一发现我，立刻发出似从地底传来的低沉叫声，于是我动用那具有力量的声音了：

"不准对我叫……"

狗像是吓了一跳，动了动耳朵，沾有眼屎的双眼圆睁，沉默了。

"服从我……你必须服从我……服从吧……"

当我感到脑袋中迸射火花的一瞬间，柏油路上已经留下一摊从我鼻子里流出来的红色液体。是我的虚荣心驱使我这么做的。我只是想在朋友面前操控这条大狗，以赢得些许的尊敬。

这个愚蠢的计划轻易地成功了。那条狗非常听我的话，握手、转圈，不管我说什么它都照做，我因此成了班上的风云人物。

一开始，我觉得有趣，但慢慢地，罪恶感侵蚀了我的内心。我明明毫无驯服动物的勇气，却摆出一副英雄的姿态。欺骗他人的罪恶意识朝我袭来。

最令我害怕的是那条狗的眼睛。那条狗不再露出我对它施加咒语之前的滚烫眼神，总是畏惧地看着我，因为我夺走了它名为"斗志"的美丽獠牙。每当那条昔日的猛犬以小动物般的眼神望着我，我总感到被谴责。

声音的力量接近万能，但似乎也有法则，比如施加咒语的对象必须是生命体。对植物或昆虫没问题，但对石头或塑料，就算集中精神喃喃念诵也没用。

此外，一旦被我施加了咒语，就再也无法恢复到原来的状态。有一天，我和妈妈起了小摩擦，结果我低声念道：

"你……将再也分不出猫跟仙人掌的差别……"

我一时失去了理性，当时完全不知道自己干了什么事，只是很反感妈妈擅自进我的房间打扫，把我心爱的仙人掌花盆摔坏了。我想让妈妈明白我有多重视这盆仙人掌，希望妈妈能像她重视她养的猫一样重视仙人掌。

当妈妈把猫误当作仙人掌塞进花盆的时候，我后悔得不得了。

我应该忍下来的。无论我觉得有多不顺意，使用声音的力量胡乱操控他人的大脑意识都是罪孽深重的。我总是很后悔，但总是为时已晚。

为了让妈妈能重新分得出猫和仙人掌，我尝试再次动用咒语低喃着，然而妈妈再也无法了解猫和仙人掌的区别。

2

声音的力量不但能影响他人的大脑运作，而且能导致肉体上的变化。就像能让牵牛花枯萎那样，我也能任意操控生物的身体。

升上了高中，我仍然延续着没出息地谄媚大人的生存方式。之所以无法回避自身这种卑劣的特质，完全是出于谨慎。我对于自己和他人往来所产生交集的涟漪怀有恐惧，总是战战兢兢地留心着绝对不允许自己这支股票的价格跌落。无论和谁说话，总认为对方在观察我，担心他正在我不知道的地方偷偷地与第三者对我品头论足，这令我恐惧到了极点。也正是这个原因，我一直觉得露出虚假笑脸、隐藏本意的自己真的非常没用。

我的爸爸是一名大学讲师，为人十分严厉冷漠，如一座寸草不生的石头山。他经常高高在上地对两个儿子说话。我总是仰望着他，仿佛他是远在天边的存在。爸爸对所有人、事都非常严厉，不中意便当即舍弃。只要令爸爸失望一次，以后就算进入他的视线，他也只当作小飞蚊或其他什么飞过眼前，完全不予理会。

我瞒着这样的爸爸买了一台掌上游戏机。那是连小学生都买得起的便宜货，大小恰好适合把玩于手心。爸爸平常对电脑游戏没有好感，要是他发现我买了这个，一定会觉得自己的大儿子终究还是背叛了他而失望透顶。那情景，我光是想象就觉得恐怖。

相较之下，我弟弟和也总是随心所欲地做自己想做的事。他想打电动游戏就去电玩中心，不想念书就索性把铅笔折断，虽然代价是必须忍受父母对他的失望，但他似乎原本就过着无所谓失望的人生。但我不一样。为了让爸爸喜欢我，我用功念书，谈吐有礼，五育并举。别人谈到我，都会说是个清爽、开朗的好青年。然而那不过是其外的金色毛皮，其中包覆的其实是一团黏糊糊的红黑色块状物。

有一天，我在自己的房间里偷偷打电动，爸爸没敲门走进来，简直像闯进犯罪现场的警察。他从我手里抢过游戏机，冷冷地低头望着我。

"你居然在玩这种东西！"爸爸不屑地说道。

如果和也在打游戏，在爸爸眼中只像一个没用的摆设，他早已放弃将二儿子培养成理想中的完美儿子了。正因为如此，他对作为哥哥的我有着更大的期望。我偷偷打游戏使他愤怒的程度似乎比我想象得更严重。

若是平时的我，或许会当场落泪，请求他的原谅。但在那一瞬间，一方面，他气成这样带给我很大的冲击；另一方面，更令我觉得不合理的是，弟弟总是过得自由自在，只有我必须忍受如此的束缚。我非常气愤——只不过打打游戏，却连整个人都被否定了。

等我回过神时，自己正死命地想抢回被爸爸握在左手的游戏机。平时总是戴着顺从面具的我第一次反抗爸爸。爸爸一直紧握着左手，就是不肯把游戏机还给我，于是我集中力气地开口了：

"把这根手指……弄走……"

我和爸爸之间仅存的空间里发出了声波震动声，我知道自己鼻腔深处的血管爆开了，游戏机掉到地上发出干涩的声响，爸爸的左手手指一根一根断掉，滚到我脚边。五根手指干干净净地自根部被截断，血喷出来染红了四周。我的鼻子也不断地流血。

爸爸放声惨叫。我命令他，在我说"好了"之前都得闭上嘴，他立刻静下来。但这样一来，他只是不能出声，好像仍感受得到痛楚和恐惧，睁大双眼凝视着五指俱断的左手。

我虽然觉得恶心，还是吞下了从鼻腔涌出来的大量血液。我运转快要失去知觉的大脑，思考接下来该怎么办。爸爸的手指应该无法恢复原状了，因为咒语造成的改变是无法恢复的。

没办法，我只好命令爸爸"在我发出指示之前昏过去"，先剥夺他的意识。迄今为止的经验里，我发现声音的力量即使对沉睡之人也有效。被爸爸盯着，还要集中全力念诵，我会很胆怯。不如先让他昏过去，我的心理压力会比较小。

我贴近爸爸的耳边说道："你左手的伤口全好了。"又说："你醒来后将忘记所有发生在我房里的事。"不一会儿,他左手断指处长出了一层薄薄的皮肤,血也渐渐止住了。

我必须让爸爸深信他的左手没有手指是很自然的,也必须让所有看到爸爸左手的人不会感到怪异。

我思考着该怎么做才能达成这个目的。可以确定的是,我能让听到我说话的对象发生变化,然而,未曾实际听到我声音的人看到没有指头的手也能不觉得奇怪吗?

我作出决定,下达了咒语:

"当你醒来,看到自己没有指头的左手,会深信这很自然。你的左手将会使得所有看到它的人都觉得这是理所当然的。"

我并没有将力量作用于我没对其直接开口的人身上。我所做的,说穿了,只是对爸爸的手下达"使所有人觉得自然"的指令。

我清理到处是血的房间,捡起爸爸的断指,用面巾纸一包,放进抽屉。爸爸的衣服上也沾了血,我决定对家里其他人直接下达"不在意衣服上的血迹"的咒语。

我搀扶爸爸走出房间,刚好和弟弟和也擦肩而过。他露出了惊讶的表情——我竟然会搀扶爸爸,实在太罕见了。我的房门仍敞开着,和也瞟了房里一眼,游戏机仍掉在地上。我觉得他似乎看着我哼笑了一声。

晚餐时,爸爸以一种非常不顺手的姿势用餐,没有手指的左手无法端起饭碗。但他的动作太过自然,连我都要忘记手指消失的来龙去脉了，仿佛从小见惯、爸爸那只没有手指、光滑、圆通通的左手。不仅在我眼中是如此，恐怕在家里其他人眼中也是如此理所当然。

我总觉得弟弟和也暗地里一直瞧不起我。他很清楚，这个世界在某种程度上是能够笑着默许个人的任性的。我们相差了一个学年，上的是同一所高中，但我没办法像他那样生存。

在学校里，弟弟和朋友似乎很开心地打打闹闹着穿过走廊。看着他们亲密挚友般的互动，我感到独自一人的孤寂。我总是靠与生俱来的丑陋心机逗班上的同学开心，营造开朗的气氛。虽然受到老师的好评，但我从不曾交到称得上挚友之人。我认识的人当中，有许多会主动凑过来亲昵地找我聊天。或许对方把我当成挚友，但在我的定义里，我根本没有一个能敞开心房的朋友。不知不觉，我和这些认识的人相处时，也带上了观察某种稀奇生物的眼光。

弟弟却是不必这么做也能活得很好的人，不像我必须拼命露出虚伪的笑容，掩饰潜藏于内心的那只"想要表现良好"的动物。他应该可以和挚友畅所欲言吧？从这一点来看，他比我健全太多了。

然而不可思议的是，在一般评价里，似乎一直认为我比弟弟有出息，原因当然就是贴在我脸上的那张名为"顺从"的无聊面具。如果因为这样而使弟弟对我产生自卑意识，那我的确对他做了很过分的事。我想向他道歉。但我跟他之间并不像他和他的朋友那样无话不谈，即使在学校里偶然对视也会别转头，是非常可悲的兄弟关系。

错都在我。或许应该说，因为他一直都知道我身体里那个丑陋的坏心眼。听父母的话、照老师的话去做、赚取好评、博取周围人的信任……我的这些肤浅行径，他一直都知道，才会露出"和你说话都嫌脏"的眼神，无声地责备我。

当我想讨某人欢心、以保障自己的安身之地时，和也刚好路过。于是我看见了他那不屑的眼神，正嘲笑着我滑稽的模样。我的世界仿佛劈开一道裂缝，一切声响都像隔了一层膜。

学校的自动贩卖机前，几名学生正在谈笑，看样子没打算买饮料，只是站在那儿聊天。我想去贩卖机买饮料，又不想推开他们，便在附近等待他们自行离开。其实可能只要过去开个口，请他们稍微让一让就行，但万一他们拒绝、给我个冷眼怎么办？我怕的就是这个。我完全无法挨近他人，结果只好站在离贩卖机有一段距离的地方望着毫无兴趣的海报。

这时，和也出现了。他毫不犹豫地挤开自动贩卖机前面的那群人，把硬币投进机器。握着饮料罐的他无意间发现站在一旁的我，似乎看穿了我盯着海报的原因，露出意味深长的笑容离开了。

他果然发现了。这个有人缘、懂得待人接物、大家都视为用功学生的哥哥，根本是装模作样。他很清楚，我只是为了讨好所有人而露出假笑，也很明白我无法对自动贩卖机前那群人开口、几近病态的谨慎。

不知从何时起，在家里如此，在学校也如此，只要和弟弟擦身而过，我就冷汗直冒。我很害怕看穿我真面目的和也。恐怕他眼中的我并不是哥哥，而是个令人瞧不起甚至想吐口水的丑陋泥偶。

我没什么机会跟和也说上话，但每天早上只要和他坐在同一张餐桌旁，我便开始胃痛。他那沉默的鄙夷眼神灼烧着我，我的手心渗出了汗，连筷子都握不好。即便如此，一切也像一出喜剧。我露出笑脸向父母道早安，假装美味地吃着早餐。一直以来我都持续如此，我现在吃下去的东西最后几乎都会吐出来。

每天晚上，我都痛苦得无法入眠，从没做过一场安心的梦。一闭上眼，眼睑内便浮现好几个人的脸，他们都跟弟弟一样鄙夷地看着我。我总是一边哭，一边念经似的反复求他们原谅。醒来后，模模糊糊地想着事情，有时会有好几双眼睛同时浮现在房间里一起责备我。那种时候，我真的好想死。

干脆让这个世界上只剩下我一人，是不是就不会这么痛苦了？我恐惧所谓的他人，忍不住觉得自己之所以采取讨好他人的肮脏行为，想必就源于此因。被厌恶、被轻视、被鄙夷都是极为难熬的苦痛。为了逃开这一切，我在心中饲养着丑陋的动物。如果世界上没有所谓的他人，只有我，那该有多轻松啊。

不行，我不能让自己的这副模样映在他人的眼中，不能让他人对我苦笑或感到失望。该怎么做才能把我的模样从所有人的眼中消除呢？我思考着。

这么做如何？

"一分钟之后,你的眼睛将看不见我。"

对谁说都行,总之,要让某个人听见这段有力量的咒语。接着,继续下达这段咒语:

"和你这双看不见我的眼睛对视的所有人,都将分毫不差地感染你被下达的上一条咒语。"

也就是说,受到声音力量的作用、再也看不见我的第一号人物只要和某个人对视,这第二号人物的眼中也将永远不再有我的存在。接下来,只要第二号人物再跟某个人对视,这第三号人物的视网膜上也再不会映出我的模样。这种事情连锁发生,每当一个视觉被改变的人和他人对视,我的透明度就上升。如果全世界的人都看不见我,我就会彻底成为透明人。这么一来,我是否就能获得永恒的宁静?

不过我必须先想出一句咒语,将我自己从那一连串"看不见我"的链条中排除,否则我照镜子时看不见自己的模样,那就惨了。

这时,我忽然惊觉自己竟然在愉快地思考着如此可怕的事情,不禁打了个寒颤。

3

一天晚上,狗死了,就是那条我小学时为了无聊的虚荣心而对它行使咒语的狗。我一直很在意那条唯有看到我才会露出恐惧眼神的狗。

我从爸爸妈妈口中听到那条狗死了的消息，便前往邻居家。邻居本来就认得我，给我看狗的尸体。那条原本又大又凶的狗躺在水泥地上，一动也不动。我抱着它哭了，没来由的悲伤强烈地袭来。邻居很体贴地离开，让我和狗独处。

我用尽全身的力气，从腹腔深处发出颤抖的声音，命令狗活过来。然而狗没有死而复生，只见它身上稀疏的毛暴露在夜晚的冷空气中。我为了满足自己丑陋的表现欲而行使了咒语的力量，却连让狗复活都办不到。

不仅如此。我此刻想让狗复活的举动并不是因为真心地为它难过，而是希望多少减轻一些罪恶感。

我再次看了看狗的脸。它仿佛终于放下肩上的一切重担，安详地闭着双眼。我不禁羡慕它这副因死亡而解脱的神情。

一天晚上，当我意识到的时候，我正紧握着雕刻刀站在自己房间的正中央哭。我全身冒冷汗，不停地喃喃念着"对不起……对不起……"。恐怕我是在握着雕刻刀打算割腕的最后关头清醒了！一看我的木制书桌，上面有雕刻刀的刻痕，削下来的卷曲木片落在我的脚边，桌面上还残留了几摊像是泪水积成的小水洼。我想仔细看看桌面，没想到一凑近桌子便闻到一股浓重的腐臭味，像生肉坏掉的味道。

我拉开抽屉，发现揉成一团的面巾纸里包着五根开始腐烂的手指，肉色发黑，一看就知道放在抽屉里很久了。看到手指上隐约可见的寒毛,我才想起这是爸爸的手指。那天,我因为不知道该怎么处理散落在房里的手指,情急之下将它们塞进抽屉,后来就忘了这件事。爸爸的左手仿佛天生没有指头般理所当然,我忘了还有掉下来的手指。

我将逐渐腐烂的手指埋在院子里,但抽屉里的臭味并没有因此消失,反而一天比一天浓重,简直像从抽屉深处连接到了某个异世界,从那黑暗的深处不停地飘来腐臭味。

我还发现,不知道什么时候,桌面上的刻痕变多了。刚开始只有一道,几天后变成两道,几个星期后,已经有近十道刻痕出现在桌面上。然而我完全没有曾经拿雕刻刀刻划桌子的记忆。

早上醒来,又是痛苦的一天。

为家人和仙人掌准备早餐的人、为了不让报纸被风吹翻页而以没有手指的左手压着报纸的人……总觉得大家都不像人类,倒像会动的人偶。上学路上搭电车时,检查我月票的人、坐在我旁边的人、在学校走廊上擦身而过的人……每个人都不像生物,倒像不具思考能力、摆在撞球台上的球,撞到球台边框便反弹回来,作出一连串既定的反应。我不禁怀疑他们只是有着巧夺天工的皮肤、体内全是由人工零件组成的聚合体。

即便如此,我还是为了不被抛弃而面带微笑地与他们交际。对为我准备早餐的人,我总是诚恳地表现出"我理解你的辛苦",一点不剩地吃光盘里的食物，并满意地告诉她"谢谢，很好吃"；搭电车的时候，我也表现出自己是从不逃票的模范乘客，总是将月票清清楚楚地亮给工作人员检查；在学校里，我总是为了让大家明白"我是班上必要的存在，所以拜托请不要排挤我"而每天默默地更换教室花瓶里的花朵。当然我也不忘表现出这是我与生俱来的好性格使然，绝不让人发现其实是经过精心计算的。

我的脸上越是挂着开朗的笑容，越觉得内心渐趋荒芜，然后越来越恐惧弟弟的存在。虽然我已渐渐无法想象人类在那小小的头盖骨内部如何进行着各式各样的思考而活下去，但不知为什么，唯有和也一直令我恐惧。我逐渐听不见其他人的声音，相反，和也这道阴影却越来越浓重。

虽然和也从不曾明讲，但他有时浮现在唇边的冷笑一定是冲着我滑稽的性格而来。那正是我最害怕的事，像亡灵般紧紧地缠着我、责备我。那种时候，即使正在学校里走上楼梯，只要身边没人，我就会为了让内心平静下来而用力扯头发，以头撞墙。与其说我深深地憎恨弟弟，不如说我实在难以原谅自己。

即便如此，我还是觉得，让我痛苦到这种地步的元凶是和也。换句话说，正是由于这个原因，我想杀了他。

我按下卡带式录音机的停止键，将卡带倒回开头。回味着刚刚听到的录音带中的内容，我控制不住身体的颤抖。泪眼模糊中，我握住雕刻刀，用力地在桌面上刻下一刀。这样，桌面上又增加了一道刻痕。

我流着汗，恶臭令我皱起了眉头。我在脑海中想象窗外那片广大无垠的无声世界。狂风吹来腐臭味，细菌侵袭了烂肉，散发更严重的恶臭。

我无法克制心中翻滚的情绪，坐到床沿，手中仍紧握着雕刻刀。我将脸埋进手掌哭了起来。

……

回过神时，我发现自己仍握着雕刻刀坐在床沿。我像要甩落身上的毛毛虫似的扔了手中的雕刻刀，刀滚落在地板上。我往桌面一看，不知不觉刻痕又增加了——已超过二十道。

是我自己刻的吗？我毫无印象。

我觉得自己似乎忘记了某件重要的事情，感觉很糟糕，自己的记忆好像正被谁动手操控着。我不安地望向地上的雕刻刀，刀尖仿佛散发着某种令人发疯的不祥妖气。

4

那是晚饭后发生的事。

和也躺在客厅的地毯上观看职业棒球赛的转播。他一手支着头，一手抓零食，伸长的双腿每隔数分钟便屈伸一下。每呼吸一次，他的胸口附近也随之起伏。

杀了他吧。我茫然地想着。我关在自己的房里，坐在椅子上等待深夜来临。抽屉里仍持续散发恶臭，简直就像有宠物尸体被塞进了抽屉深处似的。我交握的双手无法克制地微微颤抖着。

我告诉自己，此事不能再迟疑，不这么做我就完了。他那洞察一切的眼神穿透了我的肉体，嘴边浮现的嘲笑锤打着我的鼓膜，挥之不去。就算我紧紧闭上眼，用尽全身的力气捂住耳朵，但只要和也伸手一指，便能戳破我丑陋的内心，将它公诸于世。

为了获得内心的平静，我只有两条路可走：一是前往没有任何人的世界；二是将他从我的世界里除掉。

几个小时过去了，时间潜入深夜的怀抱。我走出自己的房间，一边在意着走廊地板发出的声响，一边朝弟弟的房间走去。我在房门前站定，走廊上的灯光把我的影子映在自己的眼前。看到那影子呈现的仍是人类的形状，我的心中五味杂陈。

我将耳朵贴到房门上确认他已经睡着，握住冰冷的门把一转，房门开了一道缝隙。我屏住呼吸溜进房间，仍开着房门，因为房间里很暗而我不想开灯，所以借着走廊上的灯光保持能见度。

床上隆起的被子显示弟弟正在里面睡。我悄悄地靠近床边，低头俯视着闭眼熟睡的他。我的身体遮住了照进房中的灯光，在和也的脸上投下了阴影。我把头靠近他耳边，打算对他低声念诵有关死亡的咒语。

就在这时，他突然翻了个身，床板发出"嘎吱嘎吱"的声响，从深睡状态一下子被拉回现实的和也发出轻微的呻吟声，双眼微微睁开。

他先看到敞开的房门和从外面照进来的灯光，然后才发现站在床边的我。

"哥哥，怎么了？"

他稍稍歪起了头，微笑着，温柔地对我说道。我以双手掐住他的脖子，他惊愕之下，女孩般细瘦的肩膀耸了起来。我集中全身的力气发出声音：

"你……去死吧……"

他纤细的手指求救似的在虚空中乱抓，双眼因恐惧而睁得大大的。但我仍觉得哪里不对劲。每当我发出咒语时鼻腔深处总会感受到的小爆炸不知为何迟迟没发作，我的鼻子并没有滴落红色的浓稠液体。

我的手离开了弟弟的脖子。奇怪的是他没有咳嗽，也没有斥责我，一切简直像一场梦境。和也仿佛什么事都没有似的闭上眼睛，他那和平时没两样的状态让我觉得很怪异。走出弟弟的房间时，我回头一看，他已经发出安稳的鼻息再度入睡。

"啪嚓——"我的头盖骨内有什么东西爆裂，我仿佛被开启了某道开关，走回自己的房间。一看桌上，摆着一台我刚才没发现的卡带式录音机。那是小型的便宜货，旁边有备用的干电池，看来这台卡带式录音机不是靠充电而是靠电池在运转的。但我怎么一直都没看见这些东西？我压根没察觉到它们的存在。实在太诡异了。

卡带式录音机里有一盘卡带，不知道为什么，我觉得自己非播放这盘卡带不可，仿佛脑袋被植入命令，我无法阻止自己的手指按下播放键。

从透明的塑料小窗看得见转动的卡带。接着，从喇叭里传出我紧张而颤抖的说话声。

*　　*　　*

事情变得有点复杂。

这是第几次播放这盘卡带了？这对于现在正录下这些声音的我来说是完全无法想象的。

正在听这盘卡带的你是距今几天还是几年后的我？

总之，刚按下播放键的你早就忘记发生了什么事吧？是我想在这盘卡带里录下必要的咒语，然后忘记一切，从此不在意任何事情，开始新的生活。

我录下这盘卡带不为别的，只为让忘记了一切、过着日常生活、未来的我知道过去的自己干了些什么。

你有一种非播放这盘卡带不可的冲动是很合理的，因为我事先在这盘卡带的最后录下了以下这段话语：

"当你想杀掉谁或打算自杀的时候，你将发现桌面上出现一台卡带式录音机，接着你就想播放里面的卡带。"

我不知道正在听这盘卡带的你想杀谁或正打算用什么方法自杀。

但是你现在听这盘卡带，就符合了上述两项条件之一。这么一想，播放卡带证明了你并没有过上平静的日子，还真是遗憾。

然而我一定得让你知道一件事。不管你想杀谁还是想自杀，都没有必要。理由很简单，因为几乎所有人早就无法动弹了，爸爸、妈妈、弟弟、同学、老师、素未谋面的人……所有人都已经不是活着的。我想，还活在这个世上的人除了你，恐怕只剩下极少数的一群人了。

是从什么时候开始的呢？我曾思考如何才能让世上所有人的眼睛都看不见我，这件事你应该还记得吧？

那条狗死掉的第二天早上，我如常地带着丑陋的假笑在餐桌边吃早餐。刚起床的和也边揉眼睛边走来餐桌旁，妈妈端来盛着荷包蛋的盘子，爸爸正皱着眉头看报纸，他翻页时，报纸的毛边不巧触碰到坐在一旁的我的手臂。电视上正在播放一则满溢着清洁感的洗衣粉广告。我突然忍无可忍，决定杀掉所有人。

随后，我下达了下述咒语：

"一小时后，你们的脑袋都会掉下来。"

紧接着，我又下达这样的命令：

"你掉在地上的脑袋会让所有看到这颗脑袋的都分毫不差地感染你所听到的咒语。"

当然我不忘附加一段话语让我自己免除感染，同时对他们的记忆动手脚。换句话说，他们将会忘记听过我的声音这件事，如常地离家。

我对家人下达咒语一个小时之后，我已经在学校了。这时，和也的教室那边突然传出骚动，过去一看，弟弟的头掉在地上，围绕着那摊红色血迹的老师和学生全都脸色铁青。

那是一颗会让看到的人在一小时后死亡的恶魔的首级。我推开发出尖叫、看热闹的人，悄悄地离开了现场。这当口儿，在爸爸妈妈的身上一定也发生了相同的事情。

又过了一小时。当着聚集到学校的巡逻警车和附近居民的面，方才看见和也掉下的脑袋的几十个人的脑袋也齐刷刷掉了下来。没有任何惨叫，只有人头大的重物唐突地滚落地面。比掉下来的脑袋多出近百倍的人目击了这个场景。

民众因为恐怖和混乱而引发了暴动。终于，电视台的摄影机也来了，开始拍摄这些一小时后便会失去生命的众多人头。一瞬间，我的咒语乘着电波发射，取下一批又一批的人头。

那天黄昏，整座城镇非常安静，鸦雀无声，西沉的太阳照出了长长的影子。我走在散发血腥味的城镇里，看着地上躺着无数安静的人。奇怪的是，我的话语似乎对动物和昆虫也生效，没有头的猫、狗、螳螂和苍蝇纷纷倒落在地上。

很多地方都发生了事故，到处可见黑色的浓烟。几乎所有的电视频道都没有了画面，偶尔转台看到没有头的主播直挺挺趴在主播台上的画面。

不久，全城停电，应该是发电厂没有了负责操纵仪器的人，以致负荷过大而无法供电了吧？恐怕全世界都发生了同样的事。

我很确定，除了我，没有其他生物存活。我在城镇里信步走着，每一寸土地上都躺着人，无论哪里的柏油路面都非常肮脏。

我看见一辆撞了车冒着烟的车子，驾驶座上有个一动也不动的人，他的头好端端地连在脖子上。我猜这个人大概在咒语生效之前就因为车祸致死了。

我坐在天桥上，抬头眺望寂静的星空。不可思议的是，在她朝我走过来之前，我丝毫没感觉到那终将如海啸般袭来的良心的苛责。

当我眺望星空时，突然，不知从何处传来了细碎的脚步声和寻人的喊声。我往天桥下一看，一辆车出了车祸在燃烧，火光映出一名脚步踉跄的年轻女性。我难以置信，出声唤了她。

她露出松了一口气的神情，似乎很久没听到活人的声音了。她望向我。

一瞬间，我理解了为什么她的头仍好端端地连在脖子上。她是瞎子。

她的运气真差啊。我打了个寒噤，逃开了。不容辩驳的罪恶感开始滋生，铺天盖地地笼罩了我的心。然而世界已经无法恢复原状了。

我痛苦了好长一段时间。看着一动也不动的人覆盖了整个世界，逐渐腐烂，我觉得再也无法忍受这个世界了。

我决定忘掉一切。我决定不去意识到现在的状况，让自己活在世界被死亡包围之前的错觉中，于是我打算在这盘卡带的最后录下这段咒语：

"每当你用雕刻刀在桌面上留下刻痕，就会认为自己活在一如往昔的日常世界里。实际上你的确吃了东西，也睡了觉，保持健康，持续着生命活动那些都不会影响你意识的核心，你只是一味地深信，自己一直过着一如往昔的每一天。"

顺带提一件事，我在考虑把自己房里的那张书桌从上述条件里抽离："你所有的感官将无法欺骗你的书桌。"也就是说，即使你过着与以往无异的每一天，这张桌子也会连接着现实世界。

你现在一定很后悔听这盘卡带吧？你或许又想忘掉这一切，又想回到听卡带之前的自己吧？若你现在的确这么想，不妨再往桌上刻下一刀吧。

这张桌子并不是你的幻觉。你听了这盘卡带之后抹除记忆的次数将忠实地以刻痕的形式留在这张桌子上。现在，桌面上的刻痕有几道了？

* * *

我的独白仍在持续着。看来，过去的我通过卡带对我下达咒语，操控了我的记忆。我一凑近桌子就闻到的臭味或许是雕刻刀留下的一道道刻痕造成的，或许是从抽屉深处那个光线无法抵达的洞穴的另一端飘散过来的。那一端的现实世界只能将臭味通过桌子的抽屉不断送入现在的我的鼻子中。

我坐在床边想象着。在这个被腐肉覆盖的世界，只有我一个人穿着校服去上学；为了证明我不会逃票，我对着无人的检票口出示月票；我深信电车在摇晃，其实我只是沿着铁轨走去学校；我踩着地面上各式各样的柔软东西，静静地走进校门；为了讨所有人欢心，我露出假笑走进永远无人打扫的教室；我梦见教室里同学们吵吵闹闹的，老师大吼，要大家安静，实际上只是我一个人坐在死寂的教室里罢了。我的头发长了，眼神空洞，却还是拼命装出笑脸。这样的我与其说是人类，不如说是动物。

有人敲我的房门。我应了一声，抱着仙人掌的妈妈推开了门。

"还没睡？早点睡吧。"妈妈面无表情地说。

这个人只是看起来像活的，其实早就死在某个地方了。

这世界只剩下我一个人了。一想到这里，我无法克制内心涌动的某种情绪。

"你怎么一边手抖一边哭？哪里不舒服吗？"

我摇摇头，在心里喃喃说着"对不起"。我哭不是因为身体不舒服，是因为终于放心了，我曾经梦寐以求、唯有自己的世界终于来临了。我的心终于获得了平静。

在即将坠落的飞机中

1

"我想请问一下,你相信诺查丹玛斯①的预言吗?"

听到有人这么问我,我的视线离开了窗外飘浮的白云。开口的是坐在我右边座位的男人。他穿着朴素的灰色西装,走在路上的话,大概五分钟内就会和五个和他差不多类型的人擦身而过。三十岁上下,应该和我是同年龄段。

"预言?你指一九九九年世界会毁灭的那个?"我反问。

男人点点头。

"听过,在我小时候很流行。不过……不好意思哦……"我从座椅间的空隙望向走道,"现在讲这种事情会不会太唐突了?"

"就是要趁现在讲啊。"

座位是三个并排的单人座。我靠窗,男人坐中间,靠走道的是空位。

"你想搭讪?"

"不是,我已经结婚了……虽然跟太太处于分居状态。"男人微

---

① 诺查丹玛斯(Nostradamus, 1503—1566),法国籍犹太裔预言家。

微耸了耸肩,"我是要讲诺查丹玛斯的预言。我啊,本来一直深信一九九九年人类会灭亡,我会死掉。"

"我也是。我是在小学时听说那个预言的,怕得晚上睡不着,还很认真地思考过自己和父母的死亡呢。没听说预言之前,根本不觉得死亡与我有关。一九九九年,我是二十一岁……"

男人有些讶异地扬起眉毛。这男人的举止像猜谜节目主持人。

"那我们同龄,同届的。"

"是吗?总之,我只规划了自己二十一岁之前的人生。"

"结果世界并没有毁灭。这样说或许有点夸张,不过在那之后,我觉得接下来的日子都是余生了。"男人仿佛叹了口气,感慨万千地说。

我们的座位在机舱的最后一排,从我左手边的四方形窗户可以看见蓝天,眼前是一大片平坦的白云,仿佛大地上挤满羊群,简直是天国般的和平景象。

"一直维持这种姿势,实在有点累呢。"男人苦笑着说。

我们都弓着腰,身子往前靠,像要藏在座位暗处似的彼此紧靠肩膀,压低声音谈话。因为一直弓着腰,脊椎快散了。

"真想大大地伸个懒腰,还是算了。没办法。"

他也同意,把脸凑近座椅间的空隙,从某个角度刚好可以看到走道的前方。男人的脸凑近座椅间继续说:

"我还没搭上这班飞机就在想,在诺查丹玛斯预言落空的一九九九年之后出生的孩子究竟是怎么看待死亡的?他们和我们的生死观一定截然不同吧?一九九九年之前懂事的我们,童年时代就算再怎么快乐,也会被那个诅咒般的预言纠缠,心中总是有一丝阴影。即使是不相信世界会灭亡的孩子,心里的某个角落里一定也存有'不过,只怕万一……'的想法。但是在预言落空之后懂事的孩子一定不一样,他们压根没有机会思考世界灭亡或自身的死亡吧?"

"会吗?很难说。车祸那么多,环境问题也越发严重,就算没有诺查丹玛斯的预言强迫着思考死亡,在成长的过程中也会很自然地思考这些事情吧?至少我是这么希望的。"

男人迅速瞅了我一眼。

"原来如此。说不定真像你说的那样。"

他说完,又通过座椅间的空隙窥视前方,嘴边浮现自嘲的笑容。机身倾斜了一点,同时传来空罐的滚动声。从刚才就这样了——每当机身倾斜,空罐便在走道上滚来滚去。

"不过,我从没想过自己会死于坠机。你想过吗?再过一小时,这架飞机就会掉落在某个地方了。"

"真伤脑筋,我还有件计划了很久正要去做的事情呢,竟然会坠机而死……唉……真令人泄气……"

我缩起肩,稍稍抬起头,越过前座的椅背确认前方的状况。如果现在是过年或中元节,机舱内的座位可能会坐满吧。但目前只有一半左右的上座率，站在走道上的身影依旧是那名持枪的劫机犯。

劫机发生在三十分钟前，当时飞机刚起飞。一名坐在前排座位上貌似大学生的男孩站起来，打算从头顶的行李储物柜里拿东西出来。空姐走过去告诉他，出于安全考量请他坐下，男孩从储物柜中的背包里抽出一把像是手枪的东西，指着空姐。

"请不要管我，不要管我……就算我……就算我……"

男孩讲着莫名其妙的话。他穿着一件起了球、脱了线的旧毛衣，外面搭一件被染了色的白色外套。头发是自然卷，卷得挺厉害，一撮睡觉时压到的头发像天线一样翘起来。他握枪的手微微颤抖着，那把枪怎么看都不像是真枪，更像水枪之类的。

"我不能不管你，这是我的工作！"

空姐似乎觉得那是玩具枪，毫不在意枪口正对准自己，语气强硬地对男孩这么说道。男孩好像慑于她的气势，打算坐回座位。此时，空姐看到男孩的反应，露出胜利、得意的表情乘胜追击——

"你这个人是怎么回事？居然在提示系上安全带的灯还没熄灭的时候就站起来？还有你这身打扮又是怎么回事？拜托你多看一点服装杂志，学学人家好吗？真土！"

这时，机舱内所有乘客全盯着男孩瞧，每个人都转头看向被空姐痛骂的他，露出窃笑或嘲笑的表情。男孩一脸羞愧地低下头看着自己的服装，然后再度将枪口对准空姐，扣下了扳机。机舱内响起一个干巴巴的声响,空姐应声倒在走道上。所有乘客的脸色倏地转为苍白。在众人发直的眼神注视下,这名大学生模样的男孩穿过走道,往驾驶舱走去。

"请不要轻举妄动,有人动我就开枪。我现在要去跟机长讲话。不好意思,给大家添麻烦了。"

他边走边说,一路上不停地向众人低头道歉,畏畏缩缩的样子看上去很没出息。这时候,前排座位上有个男人站起来,是一名西装笔挺的帅气男子。

"你给我站住!"

他的声音比男孩威严、响亮。男孩吓了一跳,一脸困惑地停下脚步,呆立着。

"什……什么事?"

"少装蒜!你拿烟花吓坏了空姐,却连一声道歉都没有!"

"就……就算你这么说……"

男孩一边说,一边打量着这个威风凛凛的西装男。

"很高级的西装……你想必是从很有名的大学毕业,然后进了大公司吧……"

男孩的口气似乎非常羡慕。威风凛凛的西装男从鼻子里哼了一声,整了整西装的领子说道:

"好说,我是T大毕业的。至于T大,当然就是东京大学。"

男孩突然朝他开了枪,接着转头问机舱内还有没有T大毕业生。没人举手。男孩走进驾驶舱之后，机舱内一片哗然。不久，男孩走回来，众人又安静下来。

"各位，请安静地听我说。这架飞机上将近一半的座位坐了乘客，大家或许要返乡，或许去观光。虽然知道会造成各位的困扰，但我要告诉大家，这架飞机的目的地从羽田机场变更为 T 大。"

像是要确保机舱内的每个人都听清了他的话似的，男孩停顿了一下，继续说：

"从现在开始，大约一个半小时之后，这架飞机就会撞上 T 大的校舍。各位，请和我一起死吧，拜托了。考了五次 T 大都落榜的我只有死路一条了……"

原来这位貌似大学生的男孩并非大学生，而是一名失业男孩。搭乘这架飞机的我们这些乘客，成了他自杀的陪葬者。

听到第三声枪响时，我和邻座穿朴素西装的男人同时探头，望向走道前方，只见男孩很伤脑筋似的盯着尸体。

"真是的，我明明说了请不要轻举妄动，为什么要乱动……"

说完，他一脸的难为情，朝周围被枪响吓得掩住耳朵的乘客低头致歉。之后，接二连三地有乘客打算趁男孩不注意时夺下他的枪，站起身扑向男孩的后背。男孩焦虑地在走道上徘徊，举手投足和表情简直就像在央求别人欺负他，显得十分懦弱。可能正因为这样，每个乘客都暗忖，自己应该两三下就能压制住他，连手臂上根本没什么肌肉的我都忍不住觉得打得赢他，可见男孩身上被欺负的特质有多强。他浑身上下散发出"请欺负我"的光芒，挑逗着众人的嗜虐心。

然而扑向他的乘客不知为何都踩到了不知从哪儿滚来的空罐而滑跤，接着被男孩开枪击中，倒地不起。

只要机身倾斜，空罐便在走道上滚来滚去，害人跌倒，再滚进不知哪个座位下。

"那个男孩有神在帮他呀……"

邻座男人躲在前座的椅背后说道。为了不被流弹波及，几乎所有乘客都把头低下来。

"为什么都会踩到空罐？一定是太专注了，没留意脚下……"

劫机犯要是发现我俩在偷偷交谈，不知会作何感想。不过看样子只要我们低下头躲在座位暗处，就不会被发现。

"踩到空罐能不跌倒的，应该只有幽灵那种没脚的存在吧？不过说真的，没想到我竟会成了别人自杀的陪葬品。"

"这架飞机真的会坠机吗？"

"假如这是小说，在故事的最后，主角一定会采取行动解决掉那个男孩吧？"

"然后我们就得救了？"

"这个嘛……不过如果是短篇小说集里特别收录的新作品，或许就不会有这么称心如意的结果了。我想，一定会坠机的，我们所有乘客都将品尝到坠机时逐渐逼近T大校舍所导致的令人发狂的恐怖滋味啊。"

男人以食指按住自己的额头，很感慨似的摇了摇头，简直是演员的肢体动作。我叹了口气。我是为了完成某个目的才搭乘这趟航班的，无论如何都想不到会碰上劫机。

我讨厌坠机这种死法。从小我就向往安乐死，看见流星的时候，甚至会许愿："请让我的死法是如同睡着一般死去，那我就算结不了婚也无所谓。"

"我真的很不想死于坠机，怎么办？"

"对啊，当然不想死于这种方式啊。飞机坠落的瞬间一定会痛苦得难以忍受，骨头会断掉，内脏会飞出来，还会被大火焚身……总之一定很凄惨。"

"我希望至少能在瞬间死掉，那样就解脱了……"

"太天真了！"

男人气势十足地说道，但也只是劫机犯听不见的低语。

"说什么瞬间死掉，真是太天真了，会发生什么事根本无法预测，说不定会半死不活，比如被支架插进肚子，好几个小时没人管。"

我想象自己疼痛挣扎的模样，腋下开始冒汗，呕吐感直蹿上来。

"可以的话，我真想安乐死。"

听到我这句已然放弃的低喃,他以劫机犯听不见的力度打了一下响指,满脸笑容地说:

"就等你这句话。"

我稍微后缩身子问他:

"我说你到底想干什么?这种节骨眼还打响指?再没常识也该有个限度吧!"

"抱歉抱歉,还没告诉你吧?我的职业是推销员。"

男人从西装内袋里取出了什么,递近我的脸。

"请看一下这个。"

男人的手里握着一支小小的针筒,里面装着清澈的液体。

"只要打一针,就能毫无痛苦、轻快地死掉。这是最后的存货了,怎么样,买不买?"

大概又有人站起来想夺走男孩的枪,机舱内再次响起空罐滚动声和枪声。

2

"也就是说,这支针筒里装的是安乐死药剂?"

"一点也没错。如果在飞机坠地前打一针,就能毫无恐惧、毫无知觉地死去,真是最适合现在这种状况的商品,对吧?要买的话,下手得快。"

"为什么?"

"因为从注射到死掉要花半个小时。假设飞机在一小时后坠落,你就得在接下来的半小时之内决定要不要买下,然后才能打针,否则你就会在药效发作前拜访 T 大了。所以请快点作出决定吧!"

"你是死神吗?"

"只是一介推销员罢了。你似乎觉得我这样的普通人却有安乐死的药剂很奇怪? 好吧,告诉你,其实我本来是打算拿它来自杀的。"

他将针筒放回西装内袋,望着前方说道:

"我从小就立志当一名推销员。很奇怪吧? 老师也这么说。要说这份工作有什么吸引力,我想就在于和人谈话、将商品卖给对方时的讨价还价吧。"

"后来你实现梦想,当上了推销员?"

男人点点头,但看起来一点也不开心。

"但我没有当推销员的才能。我当了近十年的推销员,业绩却毫无成长,连后辈都超过我,我在公司里的地位比新人员工还要低。老婆也对我死心,离家出走了,目前应该住在东京的娘家。"

"所以你对人生绝望了,决定自杀?"

他点头。

"我认识一位医生,他理解我的想法,于是我花了一大笔钱向他买到安乐死的药剂。"

"好厉害的医生!"

"是年纪很大、有点痴呆的医生。总之，我弄到了安乐死的药。我是为了前往死亡之地才搭乘这趟航班的。"

"你本来打算下了飞机找个地方打针，是吧？"

"我想让我老婆难堪，所以我要死在她娘家的门口，这样，她一开门就会看见我的尸体。她一定会大吃一惊，会不知道该怎么办吧？而且以后一定会被邻居们冷眼对待。"

"你这计划给太多人找麻烦了吧！"

"请不要管我。不过现在遇上劫机，计划取消，剩下我西装口袋里的针筒了。怎么样，要不要买？这是我这一生最后的愿望了：我希望能以推销员的身份卖出商品。能不能请你买下这支针，让我心满意足地画下人生句点呢？"

他露出被雨淋湿的小狗般的可怜眼神对我说。我思考了一下，这提案不错。

"可是那支针一定很贵吧？多少钱？"

"你身上有多少钱？"

我小心不让脑袋高过座椅，从手提包里取出皮夹，打开给他看。

"万元纸钞三张，其他的都是零钱吗？哦，有银行卡。你户头里有多少钱？"

"三百万左右。"

"那么全部加起来，收你三百零三万吧。"

"太贵了,这是我的全副身家啊。"

"人死了,身上有多少钱都没用吧?怎么样,要不要把银行卡给我?当然,密码也麻烦一并告诉我。"

"原来如此,我知道了。你和劫机犯是一伙的吧?你们的计谋是先引起骚动,然后在机舱内高价贩卖安乐死的药剂,对吧?"

推销员笑了出来。

"有必要为了诈骗而不惜杀人吗?"

他努了努下巴,示意倒在走道上没人善后的空姐。

"好,我就相信你的话。但是要我拿全副身家买一支针,太不划算了。一万日元,我就买。再说,一万都算贵了。"

其实我很想立刻买下那支针。横竖是死,钞票跟纸屑没什么两样。而且就算我把银行卡给他,他也没机会取钱,因为他一样难逃坠机的命运。但我有我的自尊。

"三百零三万根本是天价,真的太贵了。"

"你在这种情况下还想砍价啊!只卖你一万日元的话,我就没办法安心成佛了!"

"谁管你能不能成佛?我的生存意义就是砍价,每天在蔬菜店鱼店砍价砍价再砍价就是我唯一的乐趣。高丽菜被虫咬了个洞啦,鱼太瘦啦……跟老板挑三拣四,让他便宜一点。这就是我一天之中唯一好好和别人讲话的机会啊。"

"你的生活会不会太阴暗了?你上班的时候不跟人讲话吗?"

"不讲。我在漫画网吧打工,就算有人跟我说话,我也充耳不闻。我的个性本来就很畏惧人,才会到了这个年纪还未婚独居。"

"太浪费了。虽然我这么说很奇怪,可你的五官很漂亮啊。"

"我知道。"

"还真敢说。"

"但是我有心理创伤,所以彻头彻尾地畏惧人,尤其畏惧男人。曾经有个男人对我做了非常过分的事……"

"非常过分的事?"

"很过分、很残忍,连能不能写成文章发表都令人犹豫。"

他一脸很想知道的模样,于是我把自己高中时受到的残酷虐待告诉了他。我清楚地记得那个令我身心受到创伤的男人的名字与长相。

听完我的话,推销员的额头冒出冷汗,像要忍住反胃似的捂住了嘴巴。他双眼通红,泪水在眼眶中打转。

"天哪,这真是太过分了……打个比方,这就像本格推理小说里的凶手是年轻女性、犯罪动机是她过去所遭遇的强暴事件一样令人心情低落啊。"

"对吧? 事实是,前几天,我终于拿到那个男人的住址了。我私底下请侦探调查的,听说他就住在东京。"

"为什么要查他的住址?"

"你在问什么废话? 当然是为了报仇啊! 侦探告诉我,他已经结婚,还有了小孩。你觉得我能看着他拥有幸福家庭吗?所以我才搭乘这趟航班,本打算一到羽田机场就立刻去他家,当着他的面杀了他的孩子。"

"你这才是给别人找麻烦!"

"请不要管我。我的事不烦劳你操心。"

机舱内又响起空罐滚动声和枪声。我没有一一探头确认,不过一定又有人想扑向那个男孩,结果踩到滚出来的空罐滑跤,反倒被杀。

"好吧,言归正传。虽然很对不起把砍价当成唯一乐趣的你,但一万日元实在太廉价了。"

"正因为已经到了人生的最后关头,所以我更不能在底牌被摸清的情况下向你买啊。再说,你究竟是花了多少钱跟医生买的?"

"为了拿到这支针,我付了三百万给那个痴呆医生哪。再怎么说,一般人使用这种药剂是违法的嘛,所以被宰了。不过这价钱刚好跟你户头里的金额相抵,是一笔不赔不赚的交易哦。"

"你的话到底有多少可以相信?说不定你只花了三百日元,却骗我说花了三百万。"

为了判别推销员是否说谎,我盯着他的眼睛。他立刻把视线移开,简直像从妈妈钱包里偷了零钱的小孩那般装傻。

"因为把叫价抬得高一点比较好嘛……"

他仍看向别处,心有不甘地小声说道。

我斟酌着此刻他手上的药剂究竟有多少价值。越有人恐惧坠机而死，它的价值越高。然而左右药剂价值的因素只有这一点吗？

"话说回来，你自己为什么不使用？"

"我说你啊，当然是因为我想在人生的最后关头把商品卖掉，从而获得充实感啊！"

我一边斟酌，一边抬起头，越过座椅望向持枪的男孩。他站在走道正中央，笨拙地装子弹，两名充满正义感的男子趁机扑向他，其中一名照例踩到了空罐滑倒，另一名被前者拖拉，也一并摔到地上。枪响两次，再度恢复平静。

"是了，这笔生意与其说是买卖，不如说是赌博。"我弄清楚了，转过头看着推销员。

他一脸讶异地看着我。

"你刚刚说'从注射到死掉要花半个小时'，如果不赶快买下并注射，飞机就要掉下去了。为了摆脱坠机的恐惧，必须在飞机坠落之前提早注射。重点就在这里。万一注射之后，那个男孩被制伏，飞机平安无事地抵达羽田机场……"

我瞪着身边低着头的推销员，他尴尬地干咳了一声。

"这样一来，打针的我就不可能知道其实不会坠机，已经安乐地死去，甚至不会知道自己被骗，买了根本不需要的商品。另一方面，躲过劫机事件、平安生还的你去银行把我户头里的钱通通领走，这样你就净赚一大笔呢！假设你跟医生购买的原价是一百日元，你就赚了二百九十九万九千九百日元哪。"

"这也是一种可能性嘛，我也……我也是刚刚被你这么一说，才想到有这种可能性。"

"骗子。"

"你听好了，的确有可能像你说的，根本不会坠机。你看看那个男孩，他拿枪的手势蠢得好像随时会打到自己的脚，却运气好得到现在都没被制伏，飞机仍处于被劫持状态。这样下去，再过几十分钟，飞机肯定会坠落T大校园吧？"

"讲得跟真的一样，你只是想骗我买才这么说，其实你心里早就把筹码押在会有人制伏那个孩子这边吧！"

"这个嘛……"

他嘴边露出了微笑，狐狸般的狡猾笑容。

"哪边能获利，我就押在哪边。总之，你买不买的关键点已经很清楚了吧？也就是说，假如那个男孩不屈不挠地贯彻了自杀的决心，你就会买下这支针。反正都要死，与其坠机，不如安乐死，那样比较轻松吧？但是，万一那孩子半途而废，你就不买，明明没坠机却自行安乐死，那也太愚蠢了。"

"你很坏心眼嘛，真是一笔低下的交易。"

我看向窗外，只见蓝白两色。

"但你的说法很有趣，我想再多观察那个男孩一阵子，看情况再决定要不要买。不过我们不要浪费时间，先来商定价钱吧。"

"这样啊……好吧，我们刚刚争论过要不要降价，看来那不是个问题了。问题其实在于，你要不要告诉我提款卡密码？"

他这么一说，我才发现，我死后，他大可以直接拿走我的钱包。钱包里的三万日元一定会被他抽走，其次才是根据我有没有告诉他提款卡密码而使他能获得的另一笔金额。也就是说，他的获利将是三万日元与三百零三万日元的二选一。

"你的提款卡密码该不会是你的生日吧？"

"正是。有什么问题吗？"

他扬起双眉，惊讶地说道：

"你就这么大喇喇地说出来了？刚刚看到你的钱包里有驾照，我就知道了你的生日，也就是说，你安乐死的价钱是三百零三万日元哦。"

"可以啊，反正已经到了人生尽头了。"

我微笑地说道。他也露出了笑容。

"请问一下……你俩为什么能这么从容不迫呢？"

从肩并肩交谈的我与推销员的头顶传来了问话声。

"哦，稍等一下，马上就好，我们快谈成一笔大生意了。"

推销员抬起头这么说道。当他看到声音的主人时，从喉咙中发出像鸭子被掐住脖子的声音：

"啊，真抱歉……"

"我打断二位，才不好意思。请继续谈你们的生意吧。"

声音的主人站在走道上,手里紧握着手枪。我的视线无法从那把枪移开。对我们说话的是劫机男孩。

我们邻座一个体形高大、貌似柔道社社员的男人站了起来,打算袭击男孩,我和推销员全身僵硬,动弹不得。我想象眼前即将上演柔道社社员和手无缚鸡之力男孩的格斗场面,然而没想到,柔道社社员踩到不知从哪里滚出来的空罐,滑了一跤,一头撞上座椅的一角,再也不动了。男孩摸了摸他的颈动脉,确认已死亡。

3

"我刚才就很在意你们了。"男孩坐在推销员右边的空位上说。

三张相邻的座椅,从靠窗的左边数过来分别是我、推销员、男孩各占一个座位。我看了看手表,从劫机到现在,过去了将近四十五分钟。

"我一直觉得,你俩躲起来鬼鬼祟祟的,不知道在讲什么。该不会在计划要怎么扑到我身上夺下手枪吧?还是在嘲笑我翘起来的头发、穿着、我在学校里被取什么绰号?我一开始是这么以为的,但仔细一看,该怎么说呢……我发现你俩的表情和其他乘客不大一样……"

"是吗?哪里不一样?"

我把身子稍微往前倾,越过推销员这么问他。推销员则稍微往后靠，好让我清楚地看见男孩。男孩很不好意思似的，用没拿枪的那只手顺了顺头发，但即使他的手捋过去，翘起的头发还是像天线一样竖了起来。

"其他乘客都怕得要命……连为了拯救大家而向我扑过来的人，脸上也是紧绷的表情。有些人啜泣，很多人脸色苍白。可是只有你俩像是在自家客厅里聊天。你们难道不怕我和手枪？是不是我这种人跑来劫机实在太滑稽了，所以你俩不觉得恐怖？还是说考不上T大的人不配劫机？"

"没那回事，我们害怕得不得了，比如你那……"

推销员吞吞吐吐地盯着男孩翘起来的头发。

"我觉得你那种纠缠了各种情结的行为很病态，真的很可怕。"

"什么情结？我根本没有那种了不起的东西。我只是觉得大家总在嘲笑我罢了，路上经过的狗也好，电视里的女高中生也好，大家都在心里嘲笑我没考上大学。"

"这样啊……"推销员这么说着，对我使了个"这孩子很危险"的眼神，装出温柔的口吻对他说："你的内心太敏感了。"

我看看周围，机上每个人都像男孩说的那样脸色惨白，虽然没人敢明显地转过头来看，但是整个机舱里的人都很在意我们最后这一排的动静，尤其坐在附近的人，更是竖起耳朵听着我们的对话。我再次看着男孩说道："我想，我跟这个人不像其他乘客那么害怕，或许是因为我俩没有什么可失去的。"

男孩歪着头，露出想听我继续往下说的表情。

"虽然坠机而死真的很恐怖……但是我想，或许我们比其他乘客能更坦然地接受死亡。"

我指着推销员对男孩说，这个人打算自杀，而我在高中时曾被某个男人残酷地对待，正打算去找他复仇。男孩听完我的痛苦经历，也跟刚才的推销员一样捂住了嘴巴。

"从那以后，我就再也无法相信男人了……"

男孩的眼眶有些泛红，凝视着我，踌躇许久，终于开口：

"你想杀了那个伤害你的男人？"

"嗯，是啊，没错。我希望他痛苦地死掉。不这么做的话，你想，我的心情就不会有平复的一天，对吧？就是这样，我和这名推销员都待在离幸福有点儿远的地方，所以就算遭遇坠机而死的不幸，我们心中的某个角落也会觉得，反正人生就是这样吧。"

"所以你们才能如此镇定地聊天啊……"

男孩像是理解了似的，点点头。他沉默着，思考了一会儿，垂下头说道：

"你很坚强。遇上了这么残酷的事情，也没想寻死，反而一心想着复仇，活到了现在。"

"是啊，不过好像不久我就要死了。"

我这么一说，身旁的推销员便说："哈哈哈，说得好。"

我探出身子，从男孩低垂的脸的下方窥视他。他吓了一跳，略微直起身子。

"对了，能不能告诉我，你对劫机这件事下多大的决心？"

此话一出，包括男孩、推销员和周围竖起耳朵的乘客全都露出一头雾水的表情。

"你在说什么？"

推销员压住我的肩膀，把我推回座位。

"等一下，这很重要。他究竟下多大的决心来做这件事，是关系到我要不要买那一针的重要判断因素啊！"

"哦，原来……这么说也是。"

推销员点了点头。

"针？那是什么？"男孩不解地问道。

我和推销员交换了一下眼神，犹豫着该不该告诉男孩关于安乐死的事。但最后，我还是将针筒的事和我买了之后万一劫机失败、推销员的获利金额通通告诉了他。

"也就是说，你在烦恼要不要买这位推销员手上的针？"

我点点头。推销员咳了好几声，问男孩：

"那么，请你说一下吧。请问你究竟下多大的决心才扣下扳机？话说回来，你为什么要拖着我们一起自杀？"

男孩以出人意料的坚毅表情看着推销员的眼睛。推销员似乎被他的眼神震慑，微微缩起了身子。

"我只是，恨透了这一切。"

男孩开口说道。

"我母亲从小就教育我,考上 T 大是我的义务。我无法想象除此以外的人生。在母亲的教育中,考不上 T 大,我就不配做人。一路成长至今,我一直以进入 T 大为我的生存目标。"

"那么毕业之后呢?"推销员问。

"你在讲什么?那就是余生了。没错,只要考上就好,之后的人生怎样都无所谓。总之,为了考上 T 大,我拼命地用功,当大家都在打电动、和女孩子出去玩的时候,我只是一味地埋头苦读。"

"念书以外的时间,你都做什么?"我问。

"我会腌酱菜。"

出乎意料的答案,我和推销员面面相觑。

"腌酱菜是我的兴趣,酱菜桶总是放在我的书桌下。酱菜是很深奥的东西哦。"

说完,男孩开始说明依据蔬菜的切法不同,酱菜的嚼劲和腌渍的时间都有所变化,还解释了腌酱菜时盐分的浓度。他说这些事情时的表情十分开朗。

"当我独自一人在阴暗的家里默默地腌酱菜时,内心便觉得非常平静。我从小学时就一直是这样了……"

"看来这孩子从小就很危险。"推销员悄声对我说。

"在学校里,大家好像都在嘲笑我,说我穿着很土。我很害怕，根本不敢走进服饰店，怕踏进店里时店员会嘲笑我。像我这种人还想打扮，实在太滑稽了，对吧？所以我只穿母亲买给我的衣服，我自己买的东西只有文具。当大家努力存钱买唱片时，我存钱都是买钢笔。我只知道念书，根本没有同学理我，就算聊天也没有任何谈资。大家都在背后说我'好臭'，明明我每天都洗澡……"

"真是没创意的奚落。"我说。心里想着，多少是因为他身上有酱菜的味道。

"我母亲和亲戚都认为我一定会考上T大，但还是进不去。"

"为什么？"推销员问。

"因为T大不让我进去。"

"我是问你为什么啊，你每年考试那一天都刚好感冒吗？"

"没有。"

"因为帮助迷路的小孩而迟到？因为救了溺水的小孩？还是因为你一直握着得了脑瘤快死掉的小孩的手？"推销员念出考试失败的各种可能的原因，但男孩只是悲伤地摇头。

"我也不知道为什么。我很不服气地问老师为什么我考不上，结果老师告诉我……我不是上T大的料，一辈子都不可能考上，叫我放弃。"

只是程度不好嘛。虽然没有任何人说出口，机舱内俨然飘荡着这样的气氛。男孩却说："实在太过分了。"嘤嘤地哭了起来。

"后来，父母、亲戚……所有人都瞧不起我。你们能理解那种感受吗？要怎么说你们才懂？一开始，老师说我不可能考上T大时，我根本不相信。但是今年我第五次落榜，终于接受了自己根本考不上的事实。这样的我接下来该怎么办？我这二十三年来的人生算什么？我的母亲只教过我进T大这一种生存方式啊！我真是太没出息了，太没用了。我好丢人。我无论去哪里，都觉得所有人在嘲笑我。"

坐在座椅上的男孩垂头丧气地往前拱起身子，没拿枪的左手捂住自己的脸。

啊啊，我恨这一切……

他呻吟般地吐出话语，低沉的声音仿佛在挠抓地面。他捂着脸，我看不见他的表情，只听见喃喃自语。

我听见哄堂大笑……是同学的笑声……大家都在笑我……笑我翘起来的头发……笑我根本没牵过女生的手……大家都在心里笑我……啊啊……我受够了……不要管我……不要管我……啊啊……我受够了……我要杀光世上所有人……我不行了……谁来救救我……我恨……我好恨这一切……

男孩捂住脸的此刻正是扑上去夺枪的大好时机，但没有人这么做，现场所有人都被他异常的行径震慑，他内心的黑暗乘着声波穿透了每个人的皮肤。

我恨……我好恨……这就是我对所有人的感觉……我恨所有人……我想杀光所有人……我想让你们尝尝绝望的滋味……让世上的所有人尝尝……

男孩放下捂住脸的左手，仿佛哭过的通红双眼盯着我。他其实面无表情，但那一瞬间，我觉得他眼白中的红血丝宛如火焰。

"可是，我又没办法杀光世上所有人，所以先挟持这架飞机再说。劫机，我一个人也办得到，对吧？机上的乘客也是，选作坠机地点的T大校园里的人也是，都将毫无道理地死去，然后全世界都会报道这条令人难受的新闻。这就是我的目的。对了，我以前在网上经营酱菜店，销量非常好，一年赚了近三百万日元呢。"

"比我的年薪还高啊……"推销员自言自语。

"但是我的人生目标是T大，不是钱。总之，我把赚来的钱拿去买枪了。"

"跟谁买的？"

"住在某条小巷里的枪贩。对方只会说简单的日文，大概是外国人，讲话时句尾都会加上'嗯哦'。"

真有那种外国人吗？我忍不住想了一下，但还是闭上嘴，什么都没说。

"我跟那个男人买了手枪和子弹，搭乘了这趟航班。"

"你是怎么把手枪带上飞机的？不是有安检吗？"

"我把一叠钞票扔在安检人员的脸上，他一脸恍惚地让我过了。"

"哦，这样啊……"

金钱的力量真可怕。

"然后就变成了现在这种状况。"

男孩看了看手表。

"啊，都到了这个时间。大概再过三十五分钟就会抵达T大校园。"

他看着我的眼睛。

"我告诉你，我一定会让这架飞机坠落。如果不这么做，我的心情就不可能平复。我要把不幸……绝对的、压倒性的、毫无道理的死亡带给全世界的人。"

此时，他在走道上徘徊时的惴惴不安丝毫不见了，他眼中有着一定要让这架飞机坠落的坚定意志。于是我下定决心，对推销员说：

"我买那支针。我赌这架飞机会坠机，我要早点儿安乐死。"

4

"这样真的好吗？"

推销员像要确认似的问我。

"给我吧。"

我环视机舱内，走道上躺着好几个人。

"我刚才看着这男孩的眼睛,确实感受到了他的决心,这让我打从心底相信这架飞机一定会坠落,机舱内的所有人都将尝到身处地狱般的恐怖滋味。"

"你这女人在说些什么啊?"推销员难以置信地说。

"我要买下安乐死。我决定了。"

我将手提包里的钱包递给推销员,对现金和银行卡毫无留恋。

推销员从西装内袋取出了针筒。小小的细长玻璃针筒里装着透明液体,我、男孩和走道两旁座位上的乘客全盯着那支针筒。

"装在这支小小针筒里的清澈的水,真的掺有能终结人生的死亡吗?"男孩问。

"是无痛而甜美的死亡哦。"

推销员这么说着,将针筒递给了我。我小心翼翼,用双手慎重地接过来。掌心的针筒几乎没有重量,我将它举到与视线齐平,窥视里面的液体。透过透明的液体,看得到另一边的光景,针筒上的玻璃让那些景物仿佛软软的麦芽糖般弯曲着。周围所有的视线集中过来,甚至有人从座位上直起身子转头看我。

"这么多人围观,我很难死呢。"

我这么一说,机舱内还活着的乘客纷纷干咳,移开了视线。

"我得抓紧了,你说过,药效发作需要三十分钟。"

我卷起左手的袖子。因为是长袖,最多只能露至手肘。

"我没有给自己打针的经验,该怎么做?"

"随便打就行了,医生说打在哪里都死得成。"

推销员的话给了我自信。我拔开针头盖,细长的银色针头暴露在空气中。我望着针头,片刻后,转头对男孩说:

"我赌了你会顺利地让飞机坠落,所以请务必加油,将所有人推入恐怖的深渊吧!"

男孩很有精神地点了点头。

"我知道。我不会让你白白地安乐死的。"

"这两个人从刚才就一直进行着很恐怖的对话啊……"

我无视推销员的喃喃自语,将针筒里的空气挤出来,直至针尖滴出一点液体,然后把针头对着左手肘内侧刺进去。针尖刺穿皮肤,传来轻微的疼痛。我推动活塞,让液体进入体内,手臂内侧感受着扩散的冰冷液体。

注射完,我拔出针头,将空空如也的针筒还给推销员。我放下衣袖,说声"再见了",便闭上双眼。深深的黑暗在我眼前扩散。

"奇怪,她一动也不动了……"

"我说药效发作需要三十分钟是骗她的。医生说,这是实时发作的药。"

"你为什么要说谎?"

"我得让她尽早决定买药才行。如果你被制伏了,这交易就做不成了,不是吗?"

"仔细想想，的确如此，懂了。这么说，你希望我被制伏？"

"这样我才能得到好处呀，她的存款就都是我的了。其实那支针，医生相当于免费送我的，所以我是净赚了一大笔。我想用这笔钱开始新的人生，或者先玩乐一阵子再考虑自杀。啊……全新的人生……难道你不曾想过脱胎换骨、从头来过吗？"

"我太憎恨积极向前了。当作自己死过一次、开始新的人生……这对我来说太难了……对了，有件事要麻烦一下。不只是你，麻烦正在听我说话的各位，我想请你们站起来，往飞机的前排座位移动。有些是本来就空着的，有些是后来没人坐的，有近半座位是空着的，对吧？我想请大家集中就座，这样比较方便我监视。"

"没问题，大家来换个座位吧。不过，所有乘客集中在前半部，飞机不会斜掉吗？"

"反正都会掉下去。"

"说得也是。那她怎么办？"

"就留在这里，躺在走道上的人也不动。还活着的人请全部移到前面，这是命令。是不是你们不愿意听从我这个没考上T大的人的命令？"

我判断自己应该死了，睁开眼伸了个懒腰。当我转了转头、放松颈部的时候，发现左手边是窗户，我仍维持和死前相同的姿势坐在座椅上。看来即使成了幽灵，也继续待在飞机上。

往旁边一看，推销员和男孩都不见了。我想起了在濒死的黑暗中听到的对话，当时男孩为了方便监视，要求所有乘客坐到前面去。

变成幽灵的我站起来，越过前座，望向前方。在飞机的前半部，乘客们的后脑勺紧密地排列着。从客舱的中间线到我所在的最后一排则空无一人，非常清爽。

没有乘客的客舱后半部，地上躺着毫不动弹的人。从最前方到中间线是活人的世界，从中间线到后方是死人的世界，好像这样划分了界线。

我看见了翘着头发的后脑勺。男孩为了监视乘客，坐在后半部的空位中，独自坐在死人世界里的模样看上去非常寂寞。

没有人说话，只有飞机的引擎声。我静静地穿过走道，走近男孩的座位。我绕过躺在走道上的人，也小心地闪过滚到我脚边的空罐。

我站在男孩座位的斜后方，将手放到椅背上，低头正好可以望见他翘着头发的脑袋。他全神贯注地注视着正前方。他的魄力散发在空气中，连我都能感受到。

我用指尖戳了一下男孩那撮宛如天线的翘发，原来幽灵能在谁都察觉不到的状态下随心所欲地乱摸啊！想到我可以"啪哒啪哒"尽情拍打秃老头的光头，不禁觉得当幽灵还不错嘛。我以老鹰寻找猎物的心情环视着机舱内，在紧密排列的后脑勺中发现了唯一肤色的、反射着炫目光芒的秃顶后脑勺。我立刻打算走过去摸一把。

我朝那个方向移动。这时，男孩伸了个懒腰，把手枪放在邻座。因为手枪实在很少见，我不自觉地拿起来把玩。沉重，也很坚硬，一戳就觉得指甲像要裂开似的。原来真是金属制成的啊！其实更让我佩服的是，幽灵居然能拿起有质量的东西。于是我握住手枪，胡乱比画着持枪的姿势。

"咦？怎么会？"

男孩伸完懒腰，转过头发现我正在他背后玩枪，不可思议地叫出了声。他的双眼直直地盯着我，我也很讶异。

"你看得见我？你有阴阳眼？"

密集排列在机舱前半部的所有后脑勺一齐转过来。其中有个人站了起来，是推销员，他的嘴张得大大的，大叫："你为什么还活着！"

我停止玩枪，回答道："这个嘛……我感觉已经死了……"

"不，你根本没死！你仔细看你自己的身体！脚还在！"

我低头看向自己的双脚，的确如推销员所说。我明白了，我没死。明明打了针，居然没死。我将枪口对准推销员。

"你这个骗子！我根本没安乐死啊！你竟然卖假药给我！"

推销员趴在座椅后方躲避枪口，只探出头望着我。坐在他周围的人纷纷发出尖叫声，急忙想离他远一点。拜他所赐，机舱内陷入一片混乱。

"请等一下！我也不知道怎么会这样……"

他困惑地喃喃自语，然后像是察觉到了什么，倒抽一口气。

"那个老家伙，难道他故意卖无效的药给我？"

我将枪口仍对准他，食指扣上扳机。

"重点是你打算怎么赔偿我？安乐死失败了，我不就得坠机而死了吗？"

推销员拿椅背当盾牌，躲在后面，死命地摇头说：

"等等！请等一下！先冷静，你知道你现在手上拿着什么吗？"

"你当我是傻瓜吗？"

"你不是傻瓜，怎么还把那东西对着我？搞错对象了吧！"推销员指着站在我旁边的男孩，"你应该把枪口对准他，劝他投降！"

我转头看向男孩。从座位上站起身的他以非常认真的眼神看着我。

"我为什么要劝他投降？我是赌他会让飞机坠落的！"

"你的脑袋有问题啊！"推销员大喊。

其他乘客也跟着一起嘘我。我稍微冷静下来，想了想，终于理解了他们的意思。我手上拿的男孩的手枪，意味着我们可以逃离坠机的命运了。

我将枪口从推销员身上移开，指向男孩。推销员露出松了一大口气的表情。

"真抱歉,明明刚才还为你加油。"

我向男孩道歉。他毫不在意对准自己的枪口,静静地摇头。

"没关系。"他耸了耸肩,将右手插入上衣的内侧,"反正我还有另一把枪。"

机舱内,空气紧绷。乘客们表情僵硬,没人出声,也没人动,唯有男孩的神情不可思议地悠闲。他的右手仍插在上衣与毛衣之间,一径盯着我的双眼。

"我外套的内袋还有一把枪,我现在要用右手把它拿出来,开枪射你。"

我无法看见他被上衣遮住的右手。

"不要动。右手就保持这样,不要动。"

"如果不想被射,就先射……"他说,嘴边露出了微笑。

那是非常安宁、平静的表情。

"某个冬夜,我在念书,不知何时,窗外亮起来。推开窗一看,沁凉的空气流进闷室、浑浊的室内,染白了我的气息。悄悄降临的清晨景色在冰霜中闪闪发亮。我真的好努力地念书呢,那一刻,我感到非常幸福。我很喜欢那个清晨,但杀了这么多人的我已经不被允许再看到那么美丽的景色了……"

他说着,抽出右手直直地指向我。我当场扣动扳机。强大的冲击力仿佛沉重的铁块撞击我的手掌,一阵强风如空气爆炸般拂过我的脸颊,机舱内的乘客全趴下去。男孩倒在走道上,右手握着一支钢笔。

5

夕阳染红了天空,我的膝上抱着他的孩子在他家里看电视。是个女孩,正在读幼儿园,独自在家。她不怕生,很快就跟我混熟了,在我膝上看电视新闻,没多久就睡着了。

角落里的电视画面正在播报今天上午劫机事件的相关新闻。飞机落地时的影像、乘客被担架抬走的影像、警察进入机舱的影像……画面不停地切换。走出飞机接受警方保护的乘客之中,有那么一瞬间出现了推销员和我的脸。

"真是这辈子最糟糕的一次飞行。"我想起推销员在飞机落地后说的话,他以双脚确认着不晃动的地面,"我应该会有好一阵子不去思考死亡这件事了。"

我被抬上救护车送进了医院,毕竟我注射了不明液体,需要检查一下。除了我,一些昏过去的乘客也被救护车送进医院。

不知道是不是做梦了,在我膝上睡觉的孩子动了动。她贴着我的胸口熟睡的睡脸显得很幸福。他的家位于公寓三楼,阳光从朝南窗户射进来,照亮了室内。我望着窗边的花盆,玄关传来开门声。

"我回来了。"

那是我在高中时代听过、至今仍记得清清楚楚的男人的嗓音。脚步声穿过走廊,客厅的门打开。他在门口停下脚步,发现了坐在地板上的我，他的女儿正坐在我的膝上。我们四目相对，他的脸和我记忆中的一样，没怎么变。我不想详述他从前对我做了怎样过分的事，然而那些伤痕仍深深地刻在我的心和我的身体上。

"你回来了。"我说。

起初，他只是纳闷地看着我，但随即似乎想起了我是谁，往后退了几步。

"你为什么会在这里……"

"我请人调查过。"

我一边回答，一边抓起放在一旁的菜刀。

"先不说这个，来到这里可是费了我九牛二虎之力呢！又是碰上劫机，又是开枪的……"

"我太太呢……"

他怔立当场，低头看着我手上的菜刀问道。

"她好像把小孩留在家，自己出去购物了。"

我把菜刀抵在膝上熟睡的小女孩的脖子上。这时，电视中传出了我的名字，我转头一看，电视屏幕上正播出我的特写镜头。旁白称，我是一名获救的乘客，目前逃出医院，行踪不明。我想起警察为了问话而守在我病房外，我只说了一句要去厕所就逃出医院。他看了看电视画面里的我，又看了看握着菜刀的我。

"究竟是怎么回事？"

"这就是突如其来、毫无道理的不幸吧。对了，你曾想过自己会遇上这种事情吗?"

"求求你,放开我女儿。"

他跪倒在地,为高中时代和朋友一起对我犯下的残酷暴行哭着道歉,屋间里回荡着他的啜泣声。不久,玄关的门打开,他太太购物回来了。她提着购物袋穿过走廊,在客厅门口停下了脚步,看着跪在地上的他和拿着菜刀的我,一脸困惑。小女孩仍靠在我的胸前熟睡。好长一段时间里,谁都没有开口,一动也不动。菜刀仍抵在小女孩的脖子上,我继续看电视新闻。

过了一会儿,屏幕上出现了那个男孩的脸,旁白正在解说他如何劫持飞机并杀害空姐和乘客。我想起了他被我开枪打死前所说的话,那个被冰霜覆盖的美丽清晨。我将菜刀从小女孩的脖子上移开,站起来。

"一天之内,没办法杀两个人哪……"

我把小女孩放下来,走向玄关,与客厅门口的他和他的太太擦身而过。他没有回头,他的太太则一脸疑惑地望着我。

我离开他家,走出了公寓。太阳逐渐西沉,天空一片火红。我发足狂奔,罔顾被撞到的行人。我不知道自己要跑去哪里,总之,我不停地向前奔去。

从前,在太阳西沉的公园里

我念小学的时候，家的附近有一座麻雀虽小、五脏俱全的小公园，四周高楼围绕。一到傍晚，公园一带的车辆声和嘈杂的人声消失，寂静的空间里或许只有哪家小孩遗落的一只鞋子躺在地上。是这样的一座公园。

到了晚餐时间，一起玩的朋友都回家了，我却得待在公园里消磨时间，等爸爸妈妈回来。

一个人玩秋千玩腻了，我便像是受到什么召唤似的，跑去沙坑玩耍。公园的角落里有个沙坑，但孩子们平时都抢着玩秋千、溜滑梯，那个角落总是被遗忘。

黄昏时分，阳光穿过建筑物的间隙，无声地染红整个世界。我连一个说话的对象都没有，独自在沙坑里玩耍。不知是谁放了一只黄色塑料水桶在那儿，我脱了鞋，把沙子往自己的脚上堆。沙子冰冰凉凉的，细细的沙粒跑进趾头间，非常舒服。

有时，我会玩一种游戏：把手深深地插进沙坑里，想确认沙子究竟深入到地下的哪里。手垂直地插进沙坑，深入再深入，最后连肩膀都埋进沙中。我跟爸爸说了这件事，他说："沙坑是有底的，怎么可能有这种事？"根本不相信我的话。

但我觉得爸爸错了，实际上我的确整条手臂都插得进沙坑里呀。为了确认这件事，我好几次把手臂插进沙坑。

我已经忘了那是第几次了。公园角落里的树木在夕照下宛如漆黑的剪影，那天，我又将右手臂完全插入沙坑，直到肩膀部位。指尖似乎摸到了什么。

沙里好像埋了东西，软软的、凉凉的。我想确认那是什么，便拼命将手臂往沙坑深处探，中指的前端好不容易触及的深处有某种丰满、有弹性的东西。我想把那东西拉上来，却一直够不着，相反地，我发现手指头好像被什么东西缠上了。

抽回手臂一看，几根长长的头发缠着我的手指。发丝虽然因为沾了沙子而显得又脏、又干，但我直觉那是女孩子的头发。

我再度把手臂插进沙坑，想触摸埋在里面的东西，但这一次，无论怎么往下探，指尖都没有摸到任何东西。我的心里浮上一丝遗憾。

围绕着公园的高楼，每一栋都紧闭窗扉，如巨大的墙，框起了我和沙坑。

冷不防地，我一直插在沙里的右手好像被什么东西顶了一下，那是像被鱼用嘴尖啄了一下的轻微的触感。

然后，下一秒钟，沙里有什么东西抓住了我的手腕。那力量非常大，我的整个手腕被紧紧抓住。我想抽出手臂，却像被固定住了，动弹不得。四下里一个人都没有，就算我喊救命，声音也只会回荡在高楼环绕的公园里。

沙坑深处，我紧紧握住的拳头被某种外力硬扳开。接着从掌心传来某个人指尖的轻微触感，在掌心顺着某种规则移动。我察觉那指尖似乎正在写字。

"让我出去"

沙坑里的某个人在我的掌心这么写。于是我将左臂插进沙坑的深处，在抓住我的右腕的某个人的手背上，以指尖写字。

"不行"

沙坑里的某个人很遗憾似的，松开了我的右腕。我把两条手臂抽出来，便回家去了。从那以后，我再也不靠近沙坑了。后来那座公园改建为大楼的时候，我还去看了看沙坑，发现以沙坑的深度，并不足以埋藏任何东西。

解说

"每篇短篇我都得想很久。"乙一抓抓头。

几年前,我曾当面访问乙一。一九九六年,乙一以《夏天、烟火和我的尸体》获得日本第六届JUMP小说大奖,彼时他才十七岁。《夏天、烟火和我的尸体》字数不多,同年十月,与另一篇短篇小说《优子》集结出版,乙一正式成了作家。接下来发表的作品,大多是中短篇小说。直到二〇〇一年,才因编辑认为"作家至少应该写一部长篇啊"而发表了长篇作品《暗黑童话》。

那位编辑的说法并不完全正确。

爱伦·坡和鲁迅就是明显的例外。他们著名的作品全是中短篇,却没有人会质疑他们的作家身份。长篇比较便于打造完整的概念、塑造立体的角色,能有比较多的空间去铺陈、表现文学技法,但技法纯熟的短篇作品同样可以有优异的表现。况且,有些故事原来就比较适合以中短篇叙述,有些作者在小篇幅中甚至比在长篇里更能找到发挥的空间。

乙一即属此例。

创作短篇并不比长篇来得容易,乙一接受采访时明确地表示了这一点。如何在有限的字数里塑造角色的鲜明个性、安排有趣的情节转折，对创作者而言都是挑战。乙一笔下那些看起来怪异却浑然天成的中短篇小说，每一篇都是他费力构思的成果，绝非随手一挥就能完成的简单故事。乙一几近透明的、冷漠的描述风格在中短篇里能压缩成极大的力道，读完更容易感受到强大的余韵。

短篇集《动物园》充分地展现了这一特质。

《动物园》的日文单行本于二〇〇三年出版，收录了十篇短篇，每篇故事的篇幅都比他以前出版的作品更短，但内容更成熟、更精练。《动物园》中的五篇故事于二〇〇五年被五位导演合力拍成同名电影《动物园：继续活下去的五个故事》。二〇〇六年《动物园》出版了文库本，分为上下两册，加进一篇《从前，在太阳西沉的公园里》。

乙一的作品本身就充满了电影感，例如收录在《动物园》中的《七个房间》。

《七个房间》描述一对姐弟被不明原由地绑架，囚在一个四壁萧然、仅有一个出口的房间中。姐弟俩探知房间共有七个，每个囚有一人，囚入的位置每次轮换，掳人的杀人魔每天六点会杀掉一人；在没有任何工具的房间里，二人要如何逃出生天？情节奇诡，张力满点，阅读时很容易联想起加拿大导演文森佐·纳塔利同样充满幽闭压力的电影《异次元杀阵》——这两部作品的绝大部分情节都发生在密闭的小空间中，主角们也都被莫名地绑架。《异次元杀阵》的角色试图在各个暗藏致命机关的房间中穿梭，寻找出路，《七个房间》的姐弟俩则需要面对日渐逼近的危险，设法活到最后。场景和人物都十分精简，但所营造出来的紧绷张力令人喘不过来气。

集子中同样充满电影感的是另一篇故事《衣橱》。

小叔对大嫂说自己得知了她的某个秘密。几行后，小叔成了一具尸体，而大嫂正在盘算如何藏匿尸体；家人开始寻找失踪的小叔，秘密眼看隐瞒不住……《衣橱》在一万多字的篇幅里使用了电影常见的蒙太奇手法，所有跳跃剪接的场景先让我们产生某种想象，情节推进时再一一地推翻，重建令人惊奇的真相。

令人惊奇的结局是大众小说的常见手法，不过乙一把这个技法推进得更远一点。

在《神的咒语》中，主角"我"是个拥有特殊能力的孩子，只要集中精神说话，就能改变听者（无论是人或是动物）的精神或生理状态；直至结局来临，我们才会发现，原来"我"甚至将这个力量用在了自己身上。但因故事以第一人称叙述，所以主角不仅自欺，也巧妙地误导了所有读者。在与书名同名的短篇小说《动物园》中，主角虽然没有异能，但仍以各种手法自我欺瞒——乙一在故事开始没多久便揭发了真相，到了结尾时再来一个漂亮的反转，不但维持了结局惊人的效果，也让主角原本苦闷的情结，有了某种获得救赎的可能。

在乙一的这几篇作品中，我们可以发现，最常出现的角色关系及场景就是家庭。

事实上，在这本短篇集里，超过半数的故事以家为背景，其中《小饰与阳子》及《远离的夫妇》带有十足乙一式的悲愁色调。《小饰与阳子》描写一对被母亲以截然不同的方式对待的双胞胎姐妹，乙一淡然地叙述着巨大的悲伤，结局前的一个逆转开启了另一种幸福的新章；《远离的夫妇》中的孩子在某个事件之后虽仍看得见父母，父母彼此却见不着对方，纵使最终真相大白，哀伤的事实已成定局。在这两篇短篇里，乙一揭示了家庭的幸福并不来自血缘关系，而根植于成员之间彼此的信赖与关爱。

《寒冷森林中的小白屋》从类似的基调出发，却发展出另一个不同的故事。

被不人道地对待的孤儿成为没有善恶观念的杀人者，开始搜集尸体搭建森林小屋——《寒冷森林中的小白屋》是一个冷冽忧伤的故事，背景却带着童话的色彩。初读时令人想起阿西莫夫经典作品《正电子人》的《向阳之诗》则以科幻小说的调性观察人世的生死命题。这两个故事从家庭背景出发，却带出"非人"身份的主角，让他们冷眼看待世界，一个恶寒，一个温柔。

上述八篇故事似乎都略显沉重，但这本合集中的另外两篇作品完全不同。

《把血液找出来！》的主角是一个没有痛觉的老先生。他某日醒来，发现自己浑身是血。各怀鬼胎的家族成员在危急的状况下开始寻找能救命的血袋。这个故事有推理小说的情节，以黑色幽默的基调叙述，读来令人莞尔；另一个同样有趣的故事是《在坠落的飞机中》，讲述一个看起来很懦弱的劫机者胁持飞机，要求机长去撞毁他屡考不中的大学校园，飞机上的两名乘客却开始一场与这种紧张场面很不协调的交易，十分滑稽。虽然看似搞笑，但这两个故事中，乙一仍没放松情感议题，在结局来临时，依旧展现了各种矛盾却合理的人性思虑。

日本文库版收录的《从前，在太阳西沉的公园里》是合集里最短的一篇。

这是一千多字的超短篇，描写一个孩子将手臂探入公园的沙坑里时发现有人被深埋其中，甚至要求孩子放他出去。故事看似戛然而止，但其中不止呈现了短篇小说压缩重要情节、带出意在言外尚有无数可能的叙事方式，还完美地散发出乙一在所有故事里表现出来的独特氛围：与现实之间淡然的疏离、理应惊悚却洁净的字句、令人感觉安心的惆怅，以及温暖与寒意交缠的阅读感受。

"每篇短篇我都得想很久。"乙一这么说。

不过乙一没有白白地浪费时间，因为这些优秀的短篇也会让读者思索很久。

卧斧

二〇一六年三月